只 为 优 质 阅 读

好读

Goodreads

伊豆的舞女

伊豆の踊子

[日]川端康成 著
李简言 译

北京联合出版公司
Beijing United Publishing Co.,Ltd.

目录

伊豆的舞女

001

花之圆舞曲

041

花儿日记

141

伊豆的舞女

第一章

山路渐渐蜿蜒起来,眼看要到天城山顶了。就在那一刻,一场骤雨从身后的山麓猛然向我袭来,雨脚将茂密的杉树林染成了白茫茫一片。

那一年我二十,还戴着高中生的校帽,穿着藏蓝底白花的上衣、宽大的裤[①],肩上挎着书包。只身一人来到伊豆旅行,已是第四日。我先是在修善寺温泉过了一夜,又跑到汤岛温泉投宿了两晚。接着,蹬着厚朴高木屐攀上了这座天城山。四处尽是层峦叠嶂、原始森林、幽深峡谷。面对满眼撩人的秋色,我胸中却藏着一份急切的期待,只顾匆忙赶路。此时,大颗的雨点打在了我的身上。我沿着曲折陡峭的山路飞奔,终于赶到了山顶北口的茶屋。就在一颗悬着的心要放下时,我却在门口

[①] 一种日式传统裙裤,旧时仅男性穿着。

呆住了。心中的期待竟然成了真,那几个四处巡回表演的艺人正在此地歇息……

见我呆立在一旁,那舞女连忙起身,将坐垫翻了一面,放到我的身旁。我只应了声"嗯……"便坐了下来。这段山路赶得我气喘吁吁,加上事出意外,道谢的话语始终如鲠在喉,我竟不知如何开口。

与她这般近在咫尺,慌得我忙从衣袖里摸出香烟来。她把女伴跟前的烟灰缸推到我的近旁,而我依然沉默不语。

这舞女约莫有十七岁的模样,头上盘着大大的古典式发髻,发型十分奇妙,是我从未见过的。夸张的发髻使得她坚毅的鹅蛋形脸庞显得格外小巧,却又有种和谐的美,宛若野史插画里那些秀发如云的少女。与她结伴同行的,是一位四十来岁的妇人和两名年轻姑娘。此外,还有一名二十五六岁的男子,穿着印有长冈温泉标记的短衫。

此前,我曾两度邂逅过舞女。第一次,是在来汤岛的路上。就在汤川桥附近,我偶然遇上了正要去往修善寺的她们。彼时是三名年轻女子一起,这舞女手里还提着鼓,引得我不住地回过头去,心中莫名泛起一丝旅人情怀。紧接着,在汤岛的第二晚,艺人们来到我住的旅馆表演。我坐在楼梯中间,专心地望着她在门厅的地板上起舞。那日到了修善寺，今晚又来汤岛。那么，明天应当向南，翻过天城山，去往汤野温泉了吧。走天城七里的山路，定能追得上……正是怀着这个幻想，我才紧跟至此。可当我在临时避雨的茶屋里与对方不期而遇时，却不由得手足无措起来。

未几，茶屋里的婆婆把我带进另一间屋子。这里似乎并不常用，也未装拉门隔扇。向下望去，绝美的山谷深不见底。我禁不住起了鸡皮疙瘩，牙齿咔咔打战，身子瑟瑟发抖，遂向来送茶水的婆婆说了句："真冷啊！"

"哎哟！这位少爷，您这身上都湿透啦！您先到这边凑合一阵，把衣服烘干了再说吧。"婆婆伸出手来，似要拉住我一般，示意我到她们自己的屋里去。

那屋里安有地炉。推开拉门，一股强烈的炉火热气扑面而来。我立在门槛边上正有些踌躇，却见一位浑身青肿、如溺水者般的老翁，正在炉火旁盘腿而坐。老翁神情呆滞地向我望来，两眼瞳孔浑浊发黄，仿佛糜烂了一般。在他周围，堆满了废旧的书信和纸袋。甚至可以说，他整个人都埋在一座旧纸堆里，简直难以相信还是个活生生的人。望着这幅山间奇景，我登时僵住了。

"让少爷您看见这些，真怪难为情的……只不过，这是我们家老头子,不用担心。虽说看着有点吓人,其实他动弹不了,您忍忍就行啦。"婆婆解释道。

随后,我又得知,那老翁因为罹患中风,已长年全身瘫痪。那座旧纸堆便是各地寄来的关于中风疗法的书信,以及各地买来的中风药品的纸袋。但凡见到翻山越岭的来往行人,或是报上刊出的广告,他一律不肯放过,要么打听当地的偏方,要么向人家求购药品。并且,那些书信和纸袋他一件都不肯丢掉,悉数堆在身旁看管。天长日久下来,竟成了陈旧的废纸堆。

婆婆这一番话,我竟无言以对,便冲向地炉埋头烤火。翻过山岭而去的汽车声响震动着房子。我心下暗忖,才到秋天便已这么冷了,很快山顶又会被白雪覆盖,这老翁为何不下山呢?我的衣服上蒸腾起水汽来,炉火旺得使人有些头痛。婆婆正在店里与那些巡回艺人话着家常。

"是这样啊!上回你带来的小姑娘,都这么大啦?出落得这样标致。你也真是不容易!长得这么漂亮了!女孩儿家,就是快呀。"

过了将近一个钟头,传来巡回艺人们起身出发的动静。虽说我也难以保持冷静,却只是在心中百般悸动,并没有勇气站起身来。我一面盘算着,纵使他们习惯了四处行走,毕竟还是女人的步伐，即便自己落下一两公里，小跑一阵也能追得上，一面却又在炉火旁边焦虑难安。然而，一待舞女们离开，我的幻想反而得到解放，开始浮想联翩起来。我向送走她们的婆婆打听：

"那些艺人今晚会在哪里过夜呢？"

"那些人，怎能知道今晚会在哪里过夜啊？少爷。哪里有客人，就到哪里过夜了呗。哪会有什么今晚过夜的地方呢！"

婆婆的回答满含着轻蔑之意，反而使我想入非非，若果真如此，不如让那舞女到我房间里来过夜吧。

雨脚渐细了，山峦也亮了起来。尽管婆婆极力挽留，称再有十来分钟，天就能彻底放晴，我仍等不及了。

我真心地道了句："老人家，请多保重！天就快冷了。"便站起身来。老翁沉重地抬起浑浊的双眼，微微点了点头。

"少爷！少爷！"那婆婆喊着，追了过来。

"收了这么多钱，让您太破费了！实在对不住啊。"

她抱住我的书包，不肯交还。无论我如何推辞，她都要送我一程，说什么也不肯停下来。就这样一路小跑跟了一百来米，其间一直重复着同样的话：

"太让您破费啦！小店招待多有不周。我已经牢牢记住您啦。下次来，一定好好谢谢您！下回一定要再来啊！我可不会忘的。"

我不过是留了枚50钱①的银币而已,这一刻竟让我感动得几乎落泪。可我一心只想追上舞女那一行人,婆婆跟跟跄跄地跟来反而帮了倒忙。终于,来到山顶的隧道口。

"多谢啦!留下那老人家孤零零的,您还是早点回去吧!"我说道。婆婆这才松开手上的书包。

走入昏暗的隧道,不时有冰冷的水珠滴落下来。前方去往南伊豆的出口处亮着微光。

---

①50钱为大正时期银币规格之一。

第二章

出了隧道口,一道单侧安着白漆栅栏的山路曲折而下,似一道闪电。放眼望去,山景好似微缩的模型,但见几个艺人的身影正在山麓处晃动。还未跑出六百米,我便追上了一行人。可我又不好突然放慢自己的脚步,于是只好佯装冷淡,越了过去。那男子正独自走在前方约二十米处,一见我,便停了下来。

"您走得真快!天刚好放晴啦。"

我终于放下心来,遂与男子并肩而行。男子连珠炮似的向我询问起来。见我们二人攀谈,女人们也连忙从身后碎步跟了上来。

男子身背一只硕大的藤条箱,年过四旬的妇人怀抱一只幼犬,年纪稍长一些的姑娘抱着包袱,年纪稍轻一些的姑娘手持藤条包,各人手上的行李都不少。舞女则背着鼓和架子。

那年过四旬的妇人也跟我有一句没一句地搭着话。

"人家可是个高中生呢！"年长的姑娘向舞女窃窃私语道。我一回头，她便笑着说：

"对吧？这些事我可知道呢。我们岛上常有学生来玩！"

这一行人，本是大岛的波浮港人。据说，打开春起他们便离开岛上，四处奔波。如今眼看就要冷了，也未准备过冬的衣物，正打算到下田休整十来天，再经伊东温泉回岛上去。听闻大岛这个地名，我越发感觉到一层诗意，重又望向舞女那动人的秀发。我又询问起大岛的种种讯息来。

"有好多学生来游泳呢。"舞女冲着女伴说道。

"是夏天吧？"我转过头去，舞女却有些慌了神。

"冬天也有……"听上去，像是在小声回答我的话。

"冬天也有？"

舞女仍望着女伴笑。

"冬天也能游泳吗？"我又问了一遍。那舞女的脸立刻飞了红，神情颇为认真地轻轻点了下头。

"小傻瓜！这孩子。"四十来岁的妇人笑道。

到汤野那里，沿河津川有三里多的下坡路。翻过山岭，山峦、天空的色彩都带了几分南国韵味。我与那男子一路攀谈着，彻底熟络起来。沿途经过荻乘、梨本等小村落，到看得见山麓处汤野的稻草屋顶时，我索性心一横，说了句，想同路到下田去。男子则喜出望外。

到了汤野的小客栈前,四十来岁的妇人正打算道别时,他主动替我说道:

"这位少爷说啦,要跟我们同路!"

"那可太好啦!俗话说,旅行靠人伴,行事靠人帮嘛。像我们这种不值一提的人,也能给您解解闷儿呢。少爷,您赶快进去歇息一下吧。"妇人随意答道。姑娘们一齐望向我。一个个全不以为意的模样,又带些羞涩地望着我。

我和他们一道走上客栈二楼,放下了行李。那里的榻榻米、拉门统统破旧肮脏。舞女从楼下端来了茶水。她在我面前坐下,满脸通红,双手不停地抖动,茶杯险些从茶托上滑落。为了不让杯子滑落,她匆忙放到榻榻米上,却弄洒了茶水。因她实在太过害羞,我不禁愣住了。

"哎哟,糟啦!这孩子居然也知道思春啦。哎哟哟哟……"四十来岁的妇人惊讶无比地蹙起眉头,丢了手帕过去。舞女拾起手帕,一脸窘迫地擦拭着榻榻米。

这句意外的话语,使我忽然回过神来。我仿佛听见,自己被山顶婆婆煽动起来的幻想也啪嗒一声折断了。

半晌,四十来岁的妇人突然道:

"这位读书人身上穿的白花藏青布真不错!"她仔细地打

量着我。

"这位少爷身上穿的白点布跟民次身上的图案一样。是吧？图案是一样的吧？"

她一再向身旁的姑娘追问过后，对我说：

"我在老家还有个上学的孩子呢，这会儿想起他啦！少爷您跟那孩子身上穿的花布图案一样。这阵子白点藏青布也贵起来啦，真愁人！"

"他在哪里上学？"

"寻常小学五年级①。"

"哦？您说的寻常小学五年级，是指……"

"是甲府的学校。我们虽说在大岛生活的时间长，但老家是在甲斐的甲府。"

歇了约有一个钟头之后，男子把我带到另一家温泉客栈去了。此前我一心想的是，自己也跟艺人们在同一家客栈留宿。我们沿着街道上的石子路和石阶向下走了约有一百米，又走过架在小河畔公共浴场上的横桥。桥对面便是温泉客栈的院落。

我进了客栈的室内温泉泡澡，男子随后也泡进来了。他讲

---

①1886年根据小学令设置的小学，开始为四年制，1907年后改为六年制。

起自己将满二十四岁,妻子曾两度流产、早产,因而孩子夭折的往事。因他身上穿着印有"长冈温泉"字样的短褂,我还一直以为他是长冈人呢。并且,看他的长相、谈吐都相当有学识,我还暗自想象成了他也是因好奇或是爱上艺人姑娘,才主动帮忙挑行李跟来的呢。

泡完了澡,我赶紧吃了午饭。早上八点离开的汤岛,此刻已经快三点了。

男子要回去了,他在院子里抬头仰望,冲我打起招呼。

"这个,您买点柿子吃吧!抱歉啦,得从二楼丢下去。"说着,我丢下一包钱给他。男子打过了招呼正准备离开,见纸包落到院内,又折返回来,捡起来道:

"您可不该这样!"他又丢了上来。结果,却落到稻草屋顶上面。我又丢了一回,男子这才拿回去。

傍晚时分起,雨势大了起来。山峦的身影已分不出远近,染成白茫茫一片。跟前的小河眼看着浑浊起来,水声也加大了。我心想,照这个雨势下去,舞女那一行人恐怕不会来巡回表演了。我坐不住了,索性泡了两三回澡。房间内有些昏暗。同邻室相隔的隔扇门上,开了一个四方形的洞,看得见门楣上悬着电灯,两个房间兼用着一个照明。

"咚,咚咚,咚咚",激烈的雨声之外竟出现微弱的鼓声。我猛地撞开防雨门板,探身出去。那鼓声仿佛正在接近,风雨敲打着我的头。我合上双眼侧耳倾听着,想听清鼓声是如何传来的,从哪里传来的。不多时,又传来三弦声,传来女人长长的尖叫声,传来喧闹的笑声。我明白了,是艺人们被喊到小客栈对面的餐馆宴席去应酬了。听得出三四个女子的声音和两三个男子的声音。我一面想着那边的表演一结束她们就会来这边了,一面翘首期待着。然而,那边的宴席已超过喧闹的地步,简直是胡闹了。女子的尖叫声不时闪电般划破黑暗。我不免紧张起来,自始至终开着门坐在那里。每回听到鼓声,我的心中都豁然开朗。

"啊,那舞女还在宴席上坐着,坐在那里打鼓呢。"

鼓声一止,我便按捺不住,仿佛坠入了雨声深处。

半晌,不知是一群人在相互追逐,还是在转圈起舞,只听见一阵纷乱杂沓的脚步声。接着,忽然鸦雀无声了。我擦亮双眼,试图穿透黑暗看清这份寂静究竟是怎样一回事。心中还在烦恼着,舞女今晚恐怕要被人玷污了吧。

我关上门板,钻进床铺,心中仍在煎熬。我又去泡了一回澡,猛地搅动着洗澡水。雨住了,月亮出来了。雨水冲刷过后的秋夜显得格外清澈明亮。我心想,就算赤着脚从浴池跑过去,也无济于事了。已经过了两点。

第三章

第二天一早刚过九点,男子来到我的住处造访。他盛邀刚刚起床的我一道去泡浴。正值南伊豆的小阳春时节,天气晴朗,秋高气爽,涨了水的小河沐浴在温暖的阳光下。我心中还恍如梦境般残留着昨夜那份烦恼。我试探着问男子:

"昨天晚上你们一直热闹到很晚吧?"

"哪里……您听见啦?"

"当然听见了。"

"那是这里的当地人。这里的人就爱胡闹,很无聊。"

见他说得实在若无其事,我缄默了。

"他们都到对面浴场啦……你瞧,那不是正朝这边笑吗?"

顺着他手指的方向,我望向河对岸的公共浴场那边。水汽氤氲中隐隐看见七八个赤裸的身影。

忽然，一个赤裸的女子从昏暗的浴场中走出来。她一副要跳到岸上的架势站在更衣地点最前端，张开双臂叫嚷着，身上未遮毛巾，完全赤裸着——正是那舞女。看到她那有着嫩桐般修长双腿的赤裸身躯，我心中顿觉纯净如水。我深深吁了口气，轻声地笑了。这还是个孩子！还是个一见我们便开心无比，于是赤身裸体冲到阳光底下，后背拼命上挺，伸出指尖打招呼的孩子。我带着明朗的喜悦，不住地轻声笑着。我的大脑像被擦过般清澈起来，止不住自己的微笑。

只因舞女的头发太过丰盈，才看起来有十七八岁。并且，她装扮得有如妙龄女子一般，也使我产生了意外的错觉。

我和男子一道回到我的房间里。没过多久，大一点儿的姑娘到客栈院子里来赏菊圃了。舞女刚好走过桥中央。那四十来岁的妇人从公共浴场里出来，望向二人。舞女连忙缩了下肩，一脸担心挨骂的表情，又笑着快步折了回去。四十来岁的妇人来到桥上喊道：

"你们过来玩啊！"

"你们过来玩啊！"

大一点儿的姑娘也鹦鹉学舌跟了一句，便和女伴们一同回去了。最后，只留男子一直坐到傍晚。

当晚，我正跟一个兜售纸张的货郎下着棋，客栈的院子里突然响起了鼓声。我想站起来。

"来巡回表演的啦!"

"喀,没意思!那种玩意儿嘛。好啦,轮到你啦!我的棋子落到这儿啦!"纸货郎戳着棋盘,专注着输赢。正当我心神不宁之际,听见艺人们打算回去的动静。男子从院子里向我打了声招呼:

"晚上好啊!"

我来到走廊上向他们招手。艺人们在院子里窃窃私语了一阵之后,向门口走来。三位年轻姑娘跟在男子身后,依次向我道:

"晚上好啊!"姑娘们在走廊上两手伏地行了艺伎一样的礼。棋盘,我忽然有了要输的迹象。

"这真是无可奈何啦,我认输!"

"那怎么行?是我下错啦!不管怎么说,是我太细致啦。"

纸货郎看也不看艺人们一眼,一一数过棋盘上的目数之后,落子越发谨慎起来。姑娘们把鼓和三弦收到房间角落里,在象棋盘上下起了五子棋。眼见我输掉本来一直赢的棋,纸货郎道:

"要不要再来一局?再来一局吧!"他软磨硬泡。可见我一味毫无意义地笑着，纸货郎只好死了心，站起了身。

姑娘们凑到棋盘一旁来了。

"今晚你们还要去哪里巡回吗？"

"要去。"男子看着姑娘们。

"怎么办呢？今晚就算啦，好好玩一下吧？"

"太好啦！真高兴！"

"不会挨骂吗？"

"不会的。而且，就算我们去了，横竖也没有客人嘛。"

于是，他们下起五子棋，玩到过了十二点才离开。

等舞女走后，我无论如何都睡不着了，头脑异常清醒。我走到走廊上：

"纸货郎！纸货郎！"

"哟……"那将近六十岁的老爷子从房里冲出来，精神抖擞地应道。

"今晚通宵吧。我要打你个落花流水！"

我又变得格外好战了。

第四章

我们约好了,第二天一早八点出发离开汤野。我戴上在公共浴场旁边买的鸭舌帽,把高中生的校帽塞进包里,走进那间沿街的小客栈。眼见二楼的拉门隔扇彻底四敞大开着,我不假思索地走上楼去,却发现艺人们还躺在被窝里。我只好手足无措地呆立在走廊上。

就在我脚边的被窝里,那舞女满面通红,双手一下子捂住了脸。她和小一些的姑娘同床而眠,昨晚的浓妆还在,嘴唇和眼角的胭脂已有些泅掉。这副极具风情的睡姿俘虏了我的心。她有些惹眼地一骨碌翻身起来,仍用手掌捂着脸钻出了被窝,跪坐到走廊上,恭恭敬敬地施礼道:"昨晚谢谢您啦!"这一幕使得呆立在一旁的我茫然不知所措。

男子与大一点儿的姑娘同床而卧。看到这一幕,我才意识到二人竟是夫妻。

"实在抱歉啦!今天本打算出发的,可今晚有场宴席,我们决定推迟一天。您要是今天非出发不可,咱们就在下田见吧。我们已经定好在一家名叫甲州屋的客栈歇脚,您去了就知道啦!"四十来岁的妇人从被窝里半起身道。我有种仿佛被人抛弃的感觉。

男子道:"您明天再走行吗?因为妈妈不让推迟一天。有伴上路总比较好吧,还是明天一道走吧!"

女子也跟着道:

"您就明天再走吧!好不容易有您搭伴上路,还跟您提出这么自私的要求,实在抱歉。明天就是下刀子,我们也得出发啦!后天就是路上夭折的婴儿"七七"了,老早我们就打算到下田办个"七七"祭拜一下。跟您说这些,实在不好意思,这也是难得的缘分,还请您后天也来拜一下吧。"

于是,我决定推迟出发,走下楼来。我一面等着他们起床,一面在脏乱的账房里跟旅人们闲谈着。男子下来邀我一道去逛逛。沿街道往南走过一小段路,有座很美的桥。他斜倚在桥栏杆上,又讲起自己的经历。他说,自己曾经在东京加入过新派艺人的团体,眼下也时常在大岛港表演戏剧。在他们随身的包袱里,可以看见像脚丫子一样露出来的刀鞘,他说宴席上有时也要做一些戏剧表演。藤条箱里装的,正是表演用的服装和锅碗瓢盆等家什。

"我这个人不求上进,最终得到这样落魄的下场。可我哥哥在甲府那边继承了家业,很是争气!所以说,我是个不入流的人。"

"我还一直以为你是长冈温泉的人呢。"

"是吗?那个大一点儿的姑娘是我老婆。比你小一岁,十九岁。她在路上舟车劳顿,早产了两回。孩子一周就断气了,老婆身体还没完全恢复。那妇人是我老婆的娘家妈妈,舞女是我的亲妹妹。"

"哦?你上次说有个将满十四岁的妹妹,就是……"

"就是她。我一心想着不让这个妹妹干这一行,可这当中还有许多缘由,身不由己。"

之后,他还告诉我,自己名叫荣吉,老婆名叫千代子,妹妹名叫阿薰。另一个叫百合子的十七岁姑娘是大岛生人,是他们雇来的。荣吉无比感伤起来,欲哭无泪地盯着河滩。

等我返回来,发现舞女已洗去粉黛,蹲在路边轻抚着小狗的头。我准备回自己的客栈去,便道:

"你过来玩吧。"

"嗯。可我自己过去不大好吧……"

"所以,跟你哥哥一起来吧。"

"那我等下就去。"

不一会儿，荣吉来到我住的客栈。

"其他人呢？"

"女人们担心妈妈会说这说那的。"

然而，等我俩下了一阵五子棋后，见女伴们走过桥来，接连上了二楼。她们先是一如往常地恭恭敬敬施了礼，却仍跪坐在走廊上迟疑着。千代子第一个站起身来。

"这是我住的房间。大家不用客气，都进来吧！"

艺人们玩了约莫有一个钟头，便进了这里的室内温泉泡澡。尽管他们一再邀我一道入浴，可考虑到还有三位年轻姑娘在场，我便搪塞道，等下再去。紧接着，舞女立刻独自上来了。

"姐姐说，她帮您冲洗后背，请您过去吧。"她把千代子的话转告给我。

我没有去泡澡，却与舞女下起了五子棋。她竟然下得相当厉害。玩车轮战她轻易就会输给荣吉和其他女子。下起五子棋来，常人我都可以赢过，此时却要竭尽全力。和她下棋，不必特意让棋给她，这使我感觉格外快活。只因仅有我和她两人，起初她还远远地伸长手臂落棋。渐渐地，她竟忘我起来，专心地伏到棋盘上面，那一头美得有些不自然的黑发触到了我的胸口。忽然，她脸一红："抱歉，我要挨骂啦！"说着，她丢掉棋子，飞快地冲了出去。妈妈正站在公共浴场前。千代子和百合子也慌忙从浴室里出来，没上二楼，直接落荒而逃了。

这一天，荣吉还是从早到晚一直在我住的客栈里玩。淳朴又热情的客栈老板娘劝告我说，给那种人饭吃，实在是糟践。

晚上，我来到小客栈里，舞女正跟着妈妈学拉三弦琴。她一见我，便放下了琴，可一听到妈妈的话，又抱了起来。每次她的歌声一高，妈妈便会说：

"不是说了不能大声吗？"

从这里，还能看见荣吉被对面餐馆二楼的宴席叫了过去，正卖力地唱着什么。

"那唱的是什么？"

"是谣曲。"

"这场合唱谣曲也太奇怪了吧？"

"那些人是菜贩子，不知会搞出什么来呢！"

这时，一个租了小客栈客房贩卖家禽的四十来岁男子推开拉门，请姑娘们过去吃饭。舞女跟百合子一道拿着筷子走到隔壁房里，夹起那家禽商吃得一片狼藉的鸡肉火锅。他们又一道回到这边客房来，半路上，家禽商轻轻拍了一下舞女的肩。妈妈一脸惊恐道：

"哎哟,请您不要碰这孩子。她还是个黄花闺女呢!"

舞女一口一个"叔叔",央求家禽商给她念《水户黄门漫游记》听听。可家禽商很快便走掉了。她又不好直接求我给她继续念,便有意无意地讲了些希望妈妈来求我念的话。我怀着一丝期待,拿起评书本子。果然,舞女立刻蹭到一旁来了。我一开始念,她便把脸凑了过来,几乎要碰到我的肩。她一脸认真的表情,双眼闪闪发光,专心致志地盯着我的脸,一眨不眨。这应当是她听人念书时的特定习惯,刚才还险些跟那家禽商的脸凑到一起——那一幕我也看见了。那双眼里绽出美丽的光,黑眼珠格外大,正是舞女身上最美的地方,那双眼皮上的褶线美得无法形容。并且,笑靥如花。所谓"笑靥如花"一词,用在她身上真是再合适不过了。

不一会儿,餐馆的女侍来接舞女了。舞女穿好服装,对我道:

"我一会儿就回来,你等等,再接着给我念啊!"

之后,她又到走廊上双手伏地道:

"我过去了。"

"绝对不能唱歌呀!"妈妈道。她拎起鼓,轻轻点了点头。妈妈转身对我道:

"她眼下正变声呢……"

- 024 -

舞女规规矩矩地坐在餐馆二楼打着鼓，那副背影看起来就像是在隔壁的宴席上一样，鼓声引得我的心也跟着愉快地起舞。

"一打起鼓来，宴席也感觉快活多啦！"妈妈也望向对面。

千代子和百合子也到了那宴席上应酬。

过了约莫一个钟头，四人一道回来了。

"只有这些……"舞女说着，松开了紧握的拳头，把五十元银币哗啦啦撒在妈妈的掌心上。我又给她念了一段《水户黄门漫游记》。他们又讲起旅途中夭折的孩子，他们说，那婴儿生下来时，透明得像水一样，都没有力气哭，可还是活了一个星期。

我既无好奇，又无轻蔑，仿佛忘却了他们的身份是巡回艺人，而我这份极平常的善意似乎也传递到了他们心里。我不由得下定决心，要到他们在大岛的家里去。

"爷爷家里可以住啊！那里又宽敞，叫爷爷搬出去就清静啦。您住到几时都没关系，还可以读书呢。"他们商量了一番之后，对我道。

"我们有两栋小房子，山边的那栋好像是空着的。"

此外，还约好了过年时我来帮忙，大家在波浮港一道演戏。

我明白了他们旅途中的情怀并非我之前所想象的那样艰辛,而是一种不失乡野气息的安闲自在的东西。我也体会到,正因他们彼此是母女,是兄妹,凭借各自的血缘亲情联结在一起。唯独雇来的百合子,大约也有生性极度害羞的成分在内,在我面前始终保持着沉默。

过了半夜时分,我走出小客栈。姑娘们送我出门,舞女还帮我穿好了木屐。舞女从门口探出头来,望向南面明亮的夜空。

"啊,月亮出来啦! ……明天就到下田啦,真高兴!要给婴儿办七七,让妈妈给我买梳子,还有好多好多事呢。你带我去看电影吧!"

下田港这座小镇,对这群在伊豆相模巡回表演的艺人而言,可以在漂泊的路上体会故乡般使人怀恋的气息。

第五章

　　翻越天城山时，艺人们各自拿着原来的行李。小狗前爪搭在妈妈臂弯上，一副习惯了浪迹天涯的模样。一路远离汤野，又走进山间，海面上的旭日暖暖地照在山腰上。我们举目望向旭日的方向，河津川前方正是大片明亮而开阔的河津滩。

　　"那就是大岛了吧？"

　　"看起来那么大呢，你可要来呀！"舞女道。

　　不知是否因秋日的长空太过晴朗，临近太阳的海面处雾气氤氲一如春日。从这里到下田，要走五里路。有段时间，海面忽隐忽现。千代子轻松自在地唱起歌来。

　　当他们询问我是走路上有些崎岖但可以近两千米的翻山捷径，还是走轻松一些的本街道时，我自然选了捷径。

　　这是一条要一直往前爬的林荫山路，路上的落叶极易使人滑倒。由于喘不过气来，我反而要用手掌抓着膝盖加快步伐。

眼看着一行人掉了队，只能听见林间传来的说话声。舞女一人高高拎起裙角，咚咚咚自我身后尾随过来。她就走在我身后六尺左右，既不肯缩短距离，也不肯拉长距离。我回过头跟她搭话时，她会惊讶般地微笑着停下来回答我。舞女开口跟我说话时，我便等着让她追上来，可她也停下了脚步。只要我不迈开步子，她也不走。山路蜿蜒，四周越发险峻起来，我也加快了步伐，舞女仍保持着六尺的距离埋头攀爬。山林一片寂静，其余几人都落在很远处，连说话声也听不见了。

"你家在东京的什么地方呀？"

"不，我住在学校的宿舍里。"

"我也去过东京呢！赏花的季节去跳过舞……还是小时候的事，现在什么也不记得了。"

接着，舞女又问起"你父亲在吗？"或是"你去过甲府吗？"之类的话。她左一句右一句地问着，还说起到了下田就可以去看电影啦，以及夭折的孩子，等等。

终于来到山顶了。舞女坐到枯草丛里，放下鼓，用手帕拭起了汗。接着，她正要掸去自己脚上的尘土，却忽然蹲到我的脚边，帮我掸起了裤脚。我连忙向后退去，舞女竟扑通一声跪到地上。她弓着腰转圈拍打过我的全身之后，才放下拎起的裙角，冲着立在一旁大口喘气的我道："您请坐吧！"

一群小鸟飞来，停在我们坐的地方旁边。周遭静得只听见小鸟停落的枝头枯叶沙沙作响。

"您怎么走得那么快呀？"

舞女看起来很热。我用指头砰砰敲了两下鼓，小鸟飞走了。

"啊，好想喝水啊！"

"我去看看。"

可是，舞女很快便从泛黄的杂树林间徒劳而返。

"你在大岛的时候，做什么来着？"

于是，舞女突然说出两三个女孩的名字，讲起我完全摸不着头脑的话来。她讲的不是大岛的事，而是甲府的事。应当是那所她读到寻常二年级的小学里的同学。她想到什么，便讲起什么。

等了约莫十分钟，三个年轻人终于爬上山顶来了。又过了十来分钟，妈妈到了。

下山时，我故意放慢速度，一面和荣吉悠闲地攀谈，一面赶路。走了约有二百米，舞女从下面跑了过来。

"这下面有泉水！快过来呀！都没喝，等着您呢！"

听到有水喝，我跑了过去。树荫下的石头缝里，正涌出一股清泉。女伴们立在泉水周围。

"来,您先喝吧!我想着,手一伸进去就脏啦,跟在女人后面喝可是不干净……"妈妈道。

我用手捧起冰凉的泉水,喝了起来。女伴们则轻易不肯离开这里,她们纷纷拧干毛巾,拭着汗。

下了山,来到下田街上,看见几处烧炭的炊烟。我们在路边的木材上坐下来,歇了一阵。舞女则蹲在路上,用那把桃红的梳子帮小狗梳理掉下来的毛。

"那样齿不是会断吗?"妈妈责备道。

"没事,到下田就要买新的啦!"

在汤野的时候,我就一心想着跟她要那把插在她刘海上的梳子了。于是,我暗想,可不该拿它给小狗梳毛啊!

看到路对面有许多矮竹捆,我一面说刚好可以拿来当手杖,一面和荣吉率先停下了脚步。舞女跑着追上来,拿来一根比自己个子还高的粗竹。

"怎么样?"荣吉问我道。她有些慌了神,一面把竹子递给我。

"给您当手杖吧,我拿了根最粗的来。"

"那可不行!拿粗的来,人家一下子就知道被偷了,被人发现了可不好。赶快还回去!"

舞女折回到摆竹捆的地方,又跑了回来。这回,她递给我一根中指粗细的竹子。接着,她像摔倒似的仰面倒在田垄上,气喘吁吁地等着女伴。

我和荣吉没有停歇,走出三四丈远。

"拔掉了镶颗金牙,就行啦!"舞女的说话声钻入我的耳里。我回头望去,却见舞女与千代子并排走着,妈妈和百合子稍稍落在后面。千代子似乎没有意识到我在回头,开口道:

"那倒是。那就这样告诉他行不行?"

应当是在聊我。因为千代子提到我的牙齿参差不齐,舞女才说起金牙的吧。听起来是在聊我的长相,却完全不会让我有任何担心,甚至不会有侧耳细听的欲望,只觉得莫名地亲切。她们低声私语了一阵之后,我听见一句话,应当是舞女说出的。

"他是个好人呢!"

"那是,应当是个好人。"

"真是个好人呢。好人就是好!"

这些话语带着单纯而直接的味道。这声音不无幼稚又直截了当地表达出感情的倾向,使我连自己都真诚地感觉到自己是个好人了。我睁开眼,眺望群山,眼皮里面隐隐作痛。时年二十的我,时常深深地自省,总觉得自己是天煞孤星,生性乖僻,难免感到窒息的忧虑,因而不堪重负,才来到伊豆旅行散心。

故而,能以世间寻常的意义感觉到自己是个好人,这让我充满无以言表的感激。远处的山峦明亮,只因下田的海面越来越近了。我挥舞着刚才那根竹手杖,削过秋草的草尖。

一路上,随处碰见村口处立着这样的牌子:

"乞丐与巡回艺人不得进村。"

第六章

那家名叫甲州屋的小客栈，进了下田北口很快便到了。我跟在艺人们身后，走上阁楼一般的二楼。这里没有天花板，坐到临街的窗边，屋顶便会碰到脑袋。

"肩痛不痛？"妈妈反复向舞女追问道。

"手痛不痛？"

舞女做了个打鼓的姿势。

"不痛。能打呢，能打呢！"

"啊，太好啦。"

我试着拎了下鼓。

"哎呀，这么重的？"

"肯定比你想的重，可比你的书包要重呢！"舞女笑道。

艺人们七嘴八舌地跟同一间客栈的客人打着招呼。他们多半也是些艺人或是小商小贩之类的。看来，下田港正是这群候鸟的巢穴。舞女给客栈里常进房间来玩的小孩子拿了些铜钱。见我正要离开甲州屋，舞女抢先一步走到门口，一面帮我摆好木屐，一面道：

"带我去看电影吧……"她口中喃喃自语着。

路上找了个无赖模样的人，带我们到半路。我和荣吉走进一家客栈，据说老板是之前的镇长。泡过澡之后，我和荣吉午餐一起吃了新鲜的鱼肉。

"拿这点钱给明天的法事买点花供上吧。"

说着，我递给荣吉一点礼钱，让他带回去了。我自己必须搭明天一早的船回东京去，因为盘缠已经用光了。我说学校有事，艺人们也没办法强留我下来。

吃过午饭还不到三个钟头的工夫，又吃了晚饭。之后，我独自过了桥，到下田北去。我爬上下田富士，远眺港口。回去的路上我又顺便到了甲州屋里，艺人们正吃着鸡肉火锅。

"您不尝一口吗？虽说女人的筷子夹过有些不净，也能当个笑话讲讲呢！"妈妈从箱笼里取出碗筷，让百合子洗过后拿来。

一行人纷纷再次劝我道，明天就是婴儿的"七七"啦，您至少再晚两天出发吧！我拿出学校做挡箭牌，没有答应。妈妈反反复复劝着我。

"那，放了寒假我们到船上去接您吧。要告诉我们日子哟，一定等着您。不要去什么客栈啦，我们到船上去接您。"

房间里只剩下千代子和百合子时，我喊她们去看电影，千代子捂着肚子道：

"我不舒服，走得太久，身子受不了啦。"她面色苍白，身子瘫软。百合子则僵着身子，低着头。舞女在走廊上跟客栈里的小孩子玩耍着。一见我，她便缠住妈妈，央求着让她去看电影，可之后却颜面顿失，垂头丧气地回来帮我穿好了木屐。

"您说什么呢？让人家一个人带她去，也没什么呀！"荣吉插了一句，可妈妈似乎还是不肯应承。为什么一个人就不行呢？我感到实在不可思议。正要出门时，却见舞女抚着小狗的头。我很是客气，甚至，难以开口跟她搭句话。看上去，她都没有力气仰起脸来看我一眼了。

我独自去看了电影，女解说员在洋灯下念着解说词。我很快离了场，回到客栈里。我把手肘撑在窗台上，久久地凝望着入夜的小镇，镇上一片昏暗。总觉得远处不断有隐隐的鼓声传来，我竟没来由地潸然落下泪来。

第七章

启程之日,一大早七点钟我正吃着早饭,听见荣吉站在路上喊我。他穿了件黑色的和服礼服短褂,这礼服应当是为了给我送行才穿上的。看不见女伴们的身影,我顿时感到失落。荣吉走进房间来,道:

"大家都想来给您送行,可昨晚睡得太晚,起不来,抱歉啦!她们说啦,寒假等着您,您可一定要来呀!"

街道上秋日的晨风瑟瑟,荣吉在半路给我买了四盒敷岛牌香烟、柿子,还有一种名字叫薰的爽口水。

"因为我妹妹名字叫阿薰嘛。"他微微地笑道。

"船上吃橘子不好。柿子可以防晕船,很适合吃。"

"把这个送你吧。"

我摘下鸭舌帽,戴在了荣吉头上。接着,又从书包里掏出学校的校帽,展平上面的皱褶,两人一起笑了起来。

走近上船的地方，舞女的身影闯入我的眼帘，她正蹲在海边。直至我走到跟前，她始终一动不动，缄默地低着头。昨夜的妆容依然残留在她的脸上，使我越发变得冲动。她眼角的胭脂为那张仿佛正气恼着的面孔平添了一丝天真的坚毅。荣吉道：

"还有别人来吗？"

舞女摇摇头。

"都还在睡呢？"

舞女点点头。

就在荣吉去买船票和驳船票的当儿，我试探着说了许多话，舞女却始终低头紧盯着壕沟的入海口，一言不发。每次我的话还没说完，她便不住地点头。

这时，"婆婆，这人是个好人！"一个力工模样的男子走过来道。

"读书人，你是要去东京吧？我相信你是个好人，得有求于你。你能不能把这婆婆捎到东京去？这婆婆是个可怜人！她儿子在莲台寺银山做工，因为这次流感，儿子和媳妇都死掉啦，就剩下这么三个孙儿。实在没法子啦，我们商量着干脆让她回老家去。她老家在水户，可婆婆也不认得路。你到了灵岸岛，能不能把她送上到上野车站的电车？可能有点儿麻烦，我们可是拱手相求啦！喀，你瞧瞧她这模样，多可怜啊！"

呆立在一旁的婆婆背上还绑着一个吃奶的娃娃。左右手各抓着一个女童，小的约莫三岁，大的约莫五岁。脏兮兮的包袱里露出偌大的饭团和梅干。五六个矿工正在安慰婆婆。我欣然接受了委托，答应照顾婆婆。

"拜托你啦！"

"太感谢啦！我们本该把她送到水户去，可是做不到啊！"矿工们纷纷感谢我道。

驳船晃得厉害。舞女仍紧闭双唇，望着一个方向。我准备抓住绳梯上船了，回过头时想说声再见，可还是算了，再次点了点头。驳船回去了。荣吉拼命挥舞着刚才我送他的鸭舌帽。船驶离很远一段距离之后，舞女才挥动起一样白色的东西。

直至轮船驶离下田海面，伊豆半岛南端在身后渐渐消失，我一直倚在栏杆上拼命望向海面上的大岛。仿佛与舞女离别已是许久以前的事了。婆婆瞧了一眼船舱，问我怎么了，已经有很多人团团围坐过来，纷纷安慰起老人家。我放下心来，钻进隔壁的船舱。相模滩的海浪很大。一坐下来，身子被晃得不时向左右倾斜。船员四处分发着小小的金属盆。我把书包当枕头，横卧下来。脑子里一片空白，感觉不到时间的流逝，眼泪扑簌落在书包上。我感到脸颊冰凉，又把书包翻了一面。在我身旁，躺着一个少年。他是河津一个工厂主的儿子，准备去东京上学，因而对诚意戴校帽的我格外友好。聊了一会儿，他问：

"是不是有什么人过世啦？"

"没有，我才跟人道过别。"

我极其真诚地答道。即使被人看见自己落泪，也不在意了。我心中一片空白，仿佛只是在清新的满足中平静地睡去。

不知何时，海面也昏暗了，网代和热海那一带还有灯光。皮肤有些寒意，不觉饥肠辘辘。少年打开竹皮便当递给我，我竟像忘了那是别人的东西似的，吃掉了几个海苔卷寿司。接着，我又钻进少年的学生斗篷。不管对方对我多热情，我都可以欣然地接受了，心境也变得美丽而空虚。就连明天一早要带婆婆到上野车站帮她买好到水户的车票一事，我也感觉再应当不过了。我可以感觉到，所有的一切都已融为一体。

船舱里的洋灯熄了。堆在船上的活鱼与海潮的气息格外浓烈。黑暗中，我被少年的体温温暖着，任由泪水夺眶而出。我的大脑化作晶莹的水滴，一颗颗洒落。而那之后，只剩下单纯的畅快淋漓……

花之圆舞曲

《花之圆舞曲》一曲舞毕。

然而,还未等落下的大幕彻底遮住众人胸口,友田星枝的舞姿便在那一刻垮了。

当时,早川铃子正一只脚尖立住,另一条腿最大幅度高高抬起,将身子的重量压向自己和星枝碰在一起的手。亦即是说,铃子和星枝两人的舞姿正组成一副舞姿。忽然,就像冷不丁半边身子被人砍去似的,她哗啦一下垮了下去,随即搂住了星枝的腹部。

出于惯性,星枝一条腿也踉跄了一下。铃子的脸压在星枝的小腹上低垂着。她试图调整这可笑的姿势,却仍伸出一只手臂抓住星枝的肩。

"浑蛋!"

她说着,顺势给了星枝一记巴掌。

继而,她又仿佛诧异于自己竟出手打人似的,盯着星枝的脸道:

"这辈子我再也不和你跳了!"

说着,铃子又失去力气,瘫倒在星枝的肩上。

星枝猛地扭了下肩。并非要甩掉铃子,也不是被人打了之后气愤的模样。然而,失去支撑的铃子却向前倾倒,两只手撞在一起。

星枝竟像不曾意识到那是自己的原因一样,头也不回,呆呆地立着,声音高亢地说:

"这辈子我也不跳了!"

这时,大幕彻底落下。

就在大幕发出嘭的一声落到舞台地板上时,观众不息的掌声也如风般远去,瞬间变得鸦雀无声。

舞台上的照明也暗了少许。

但那当然是为了做好准备,等大幕再度升起时,为舞台增加华丽的照明,以回应观众席上的喝彩。舞女们也早有准备,纷纷保持着之前的舞姿跑上台去。舞台侧面,守候着手捧鲜花的少女们。

掌声再一次高涨起来。

"没见过你那么任性的!"

铃子说着,却肆意地搂住星枝的肩,从众人身后走了出来。

星枝仿佛忘了动,像个人偶一般老老实实地任铃子摆布。

"抱歉啦!刚才是不是打这儿啦?"

铃子笑着,伸手摸了摸星枝的脸蛋。星枝却将脸蛋扭向一旁,自言自语似的嘟哝着:

"这辈子我都不跳啦!"

"你想想,要是让客人看见了会怎样?会被人耻笑的哟!报上也会登出来,今晚的成功也化为泡影啦!他们真没看见吧?幸亏有大幕。应该只看见腿了吧?会以为我是绊了一下,不过一定没看出来什么吧?他们还那样鼓掌,要求返场来着。一定会有返场的!"

铃子摇着星枝的肩道。

"我们两个去跟老师好好道个歉吧。幸亏老师没看见!"

两人走近舞台侧面,挤在那里喧闹的舞女和少女却有些沉默了。铃子一面稍有些羞涩,一面露出微笑的表情。星枝却把嘴巴闭得紧紧的。这一点也莫名地使人沉默。

然而,这时大幕已经升起。

舞女们一面用眼神发出邀请,一面手牵手来到台上。铃子和星枝立在前面。

众人以两人为中心,在台上一字排开,回应观众的掌声。

这时,少女们各自手捧鲜花走上台来,献给铃子和星枝。

这些献花的代表，都是些不到十一二岁的女童，当中甚至还有六七岁的幼童，一律身穿盛装和服。刚才，女童们的母亲和姐姐，还有那些未参演《花之圆舞曲》的舞女，身上还穿着另外的舞服，一直忙着照顾她们，帮着梳拢头发，调整腰带，提醒这些献花的代表不要在台上慌乱。

鲜花献到了星枝和铃子的手上。

因为，这支《花之圆舞曲》正是专为两人准备的舞蹈。动作也是如此。其他舞女都是作为两人舞蹈的背景和舞蹈的陪衬上台的。为了醒目起见，两人连服装也与其他舞女不同。

由于这些小小的献花代表，观众的掌声越发高涨起来。

铃子和星枝的手上捧满了鲜花，胸前几乎要被花淹没了。

唯有一个看上去还在蹒跚学步的最年幼的女童，显得有些慢了。那束花是将清一色的淡蓝色小碎花扎在一起，大约比大朵的向日葵稍小一些。女童就站在星枝跟前，可她人太小，花也太小，星枝几乎没看见。于是，铃子从旁提醒了一句："星枝，给你的！好可爱的花呀。"

女童诧异般望向星枝的脸，却因为这句话语，将鲜花举向了铃子。

"不，不是哟，是给星枝哟！"

铃子低语道。女童却没能领会她的眼神。这样一来，星枝也不便从旁抢过去了。铃子于是和蔼地接过那束淡蓝的鲜花，抚着女童的头，小声道：

"谢谢！可以啦。妈妈在那边儿喊你呢！"

盛装的少女们完成了献花的使命下了台，台上的舞女们再次向观众行礼，大幕落下。

"这是给你的花！"铃子把刚才那束小小的鲜花往星枝手上的鲜花与她的胸口之间一塞，"你怎么不接？还让那么小的孩子在台上出丑，太过分啦！人家都要哭啦。"

"哦？"

"可不是只有自己才是人哟！你应该好好记住。"

铃子一面说着，一面却微微笑着。

那个小小的淡蓝色花束，夹在蔷薇、康乃馨之类的鲜花之间，却显得色彩格外鲜艳，仿佛唯有它才是真正的鲜花。

舞女们纷纷稀罕地嚷着，好可爱！好时髦！好漂亮！真像童话里的王冠！真像梦幻王国的点心！个个盯着星枝胸前。

"香吗？"

一个人拿过来看了看。

"好想捧着它跳舞啊！这是什么花呀？星枝，这是什么花？"

"谁知道呢。"

"没见过这种花嘛。这么特别的花,是什么人送你的呀?"

对方说着,还了回来。星枝胡乱地接过来:

"这花,都枯萎啦!"

对方一惊,看着星枝的脸。星枝又说了一遍:

"都枯萎啦!"

"应该没有枯萎吧?不要在这儿说这种话了,回去插在花瓶里就活啦!让送花的人听见了,可不好哟。"

"可明明就枯萎了嘛!"

铃子稍稍隔开一段距离看着:

"你要是嫌枯萎了,就给我吧!你是因为被我错拿了,才不开心的吗?"

星枝一声不吭,砰的一下把鲜花丢了过去。虽说鲜花丢到了铃子手上,当中却有东西落到了舞台地板上。是件镶着宝石的首饰,看来是藏在鲜花里的。一两枝扎着首饰的鲜花和那件首饰是一起掉落的。

然而,就在丢花的同时,星枝飞快地穿过舞女中间,跑到刚才那名女童面前蹲下,旋即道:

"呀!抱歉啦!是我不好,对不起啦!"

话音未落,她抱起那名幼童,连同胸前的鲜花一起沿着通往后台的台阶跑了上去，步子快得甚至没发觉首饰掉了。

"星枝！"

铃子犀利地瞟了一眼她的背影，捡起首饰后，发现这束淡蓝的鲜花还带着小小的姓名牌。舞女们也一个个盯着姓名牌。

"胜见——这个叫胜见的人，铃子，你认识？"

"认识啊。"

"男的？"

铃子未作回应。

星枝跑上台阶时，胸前的鲜花也同时散落在台阶上，可她丝毫不在意。一只脚上的舞鞋带松了，她索性把鞋子踢飞了。鞋子远远滚落到底下的走廊上，她头也不回。

这期间，要求返场的观众掌声依然经久不息。

乐手们来到乐池里，掌声越发一齐高涨了。

铃子猛地打开门：

"返场啦！星枝，返场啦！"

说着，她走进后台。她一面把首饰悄悄摆在星枝的化妆台边上，一面抬眼观察星枝的情形，故作活泼地说：

"有什么好难过的？返场啦！乐手也已经上台等着哪。就算你有什么难过的事，也不能这样嘛！"

抱来的女童不知跑到哪里去了，星枝正一个人立在窗边，望着夜晚的街景。

"别惹大家发火嘛!"

说着,铃子把手臂搭过去催她。星枝未作反抗,跟着她走了五六步,却又在穿衣镜前停了下来。

"啊,你的脚跛啦!鞋子呢?"

铃子看着镜子里星枝的脚。星枝却盯着自己的脸蛋:

"这样的脸蛋,没法跳啦!"

"脸蛋又看不见嘛。"

"你不是也说了嘛!这辈子都不跳啦。"

"这辈子跳啊!这辈子我们俩都要一起跳。鞋子哪儿去啦?"

"不想跳啦!没心情跳啦!"

"人的心情算怎么回事?这种事,绝对不可以。你想想看,今晚的会演,难道不是老师特意为了我们两个举办的吗?你难道不知道很多人都是为了我们两个工作的吗?就算心里在流泪,脸上也要笑啊。连观众都那么开心呢!"

"开心?明明跳得那么恶心!"

"你没听见掌声?"

"听见啦。"

"行啦,赶紧穿上鞋吧!你的鞋子哪儿去啦?"

后台是个小小的西式房间，沿墙壁铺着略高些的榻榻米，化妆台一字排开，有面大大的穿衣镜。墙上挂不下所有的舞服，正中央的矮茶几上也散乱地摆着一部分。上面还零乱地搁着赠送的花篮、点心盒子、鲜花等物品。

榻榻米下面摆着各式各样脱下来的舞鞋，铃子就蹲在一旁，手脚忙乱地寻着星枝的另一只舞鞋。这时，门开了。

正是她们的老师竹内。老师一只手上拎着星枝的舞鞋。他走近星枝，若无其事地把鞋子搁到她脚边，静静地说了一句：

"鞋子掉了。"

"哎呀，老师！"

铃子面红耳赤地跑了过去，在星枝跟前屈下膝，帮她穿好了鞋子。

"老师，我不想跳啦！"

星枝扭过脸去。

"想跳也罢，不想跳也罢，跳的不都是舞嘛。这就像人的一辈子。"

竹内笑了笑，坐到自己的化妆台前，化起妆来。

他身上仍是一副半穿着舞服的打扮。从近处看，那张化了舞台妆的脸上，难掩一份比那五十上下的年纪还要苍老的孤寂。

铃子和星枝走出后台，正往台阶上踏出一步时，木管已吹起序曲部分。

观众的掌声戛然而止。

正是柴可夫斯基《胡桃夹子》里的《花之圆舞曲》。

《胡桃夹子》组曲包括《糖果仙子舞曲》、《特列帕克》和《阿拉伯舞曲》等，整套舞曲三四年前曾在竹内舞蹈研究所的会演中跳过。

当时，星枝跳的是《中国舞曲》，铃子跳的是《芦笛舞曲》。

原本，《胡桃夹子》乐曲讲的是圣诞夜一名少女做梦的故事，属于儿童舞曲。

当时，铃子和星枝还是爱做胡桃夹子梦的少女。

结尾那支《花之圆舞曲》恰似少女们灿烂的青春争相绽放。

这支舞成了她们快乐的回忆。

为了做好准备让两名女弟子出道，竹内在今晚举行的"早川铃子暨友田星枝首次舞蹈会演"节目中又加入了《花之圆舞曲》，一改之前的动作，使两人成了舞蹈中心。

星枝和铃子刚一走出后台，竹内忽地站了起来，捡起星枝化妆台上的首饰看了看，却又悄悄放回了原处。接着，他又忍不住摸了摸那些挂在墙上的透着少女气息的舞服。

那些服装也好，鲜花也好，化妆工具也好，越是摆得散乱，越看起来充满着生气。

两人走下了台阶，刚在舞台侧面立定，乐手们已经奏起了圆舞曲的主题。舞女们一面跳着舞，一面等候主角上场。

"友田！友田！"

尽管有人从背后喊着自己，星枝却充耳不闻。她按照规矩摆好舞姿，上台了。

同时从反方向上台的铃子在舞台中央一见到星枝，便鼓励似的低声问她：

"行吗？没事了吧？"

星枝仅以眼神默认。

之后，铃子仍一面起舞，一面忧心忡忡地频频瞟着星枝。接着，两人跳近时，她说：

"真高兴！你心情好啦！"

第三次，她又说：

"真棒啊，星枝！"

星枝却仿佛充耳不闻。听任着自己和自己的舞步，她开始忘我了。她渐渐兴奋起来。

铃子见状，自己的舞步开始乱了。她的身心都无法彻底地融入舞蹈，身体感觉有些不自然。

不一会儿，两人又跳近了。铃子一面跟她牵着手，一面说：

"骗子！太可恶啦！"

一股不知是嫉妒还是生气抑或悲哀的心情，使铃子局促不安。片刻，她又说：

"太过分啦。你这人真可怕！"

星枝却一心沉浸在舞蹈中。

铃子的舞步也仿佛不甘示弱似的，渐渐翻涌出热烈的青春气息。

然而，边与星枝搏斗边跳的铃子，和对铃子的搏斗毫不知情地跳着的星枝身上，却有种不对称的美，并不像飞舞的蝴蝶身上的两翼。

当然，观众对此并不知情。一曲终了之后，由于掌声，她们被再次唤回到舞台上。

星枝跟方才判若两人，竟有了几分旁若无人的活泼。她连声音都变了。

"真好啊！从来没有这么心情舒畅地跳过呢。音乐和舞蹈都够完美。"

铃子也活泼地回应着观众的喝彩。但当她来到舞台侧面时，一身日式舞服正在那里欣赏舞蹈的竹内一把抓住她的肩，一副慰劳的口吻道：

"真好啊！"

话音刚落，她便精疲力竭地噙着眼泪，险些倚到竹内的胸口上，却又一转身扭过头，越过台阶上的舞女们，跑进了后台。

星枝吹着刚才圆舞曲里的一节口哨，迈着舞步进来了。

"骗子！使诈！不择手段，自私自利。让你骗啦！你把人家耍得团团转，也太卑鄙啦！"

"哟，你在发什么火呀？"

"堂堂正正地竞争不就行啦？"

"我可讨厌竞争那玩意。"

星枝仿佛一刻都坐不住似的，揪弄着鲜花，散落了一地。

"别碰我的花！"

"这花是你的？我可讨厌竞争那玩意。"

"没错，你就是这么彻头彻尾的自私自利！这么任性，还没见过像你这么可怕的人呢！"

"你生气啦？"

"那,难道不是吗?你不是说自己什么难过,什么伤心,什么不想跳,无精打采来着吗?所以,我才真心地为你担心,上了台也一直惦记这事,连自己的舞步都忘啦!就没见过你那么可恶的。而且,你自己倒是一秒就忘了,还跳得兴高采烈的。就像被你骗了一样。骗子!"

"那可跟我无关。"

"难道不卑鄙?像偷袭一样嘛。就是说,使了心机打赢别人,只能自己跳得好。"

"烦死啦!这种事可不能怪我。"

"那,怪谁呢?"

"怪跳舞呀。一跳起舞,我就忘得一干二净啦!我跳舞才不会只想着什么跳得好不好呢。"

"那是因为,星枝你是天才嘛。"

铃子半讥讽地冒出一句来。语声中竟透着几分悲凉,朝着自己回荡。于是,她有些急了:

"我不会输给你的,绝不会输给你的。"

她一面收拾周围的舞服,一面道:

"可话说回来,照这个样子下去,你今后一定会出大事的。不知什么时候,就会扑通一下栽个大跟头。从旁看,你的性格就像在悲剧峡谷里走钢丝。你自己应当都没发现。因为大家都觉得你既危险又可怜，都担心这人今后不知会怎样？所以都会输给你。你不知道这一点，还在自己打肿脸充胖子呢！"

"可我能在台上心情欢快地跳舞，有什么不对？"

"老说心情心情的，你究竟有没有一次站在别人的心情角度考虑过？"

"我可不是那种边在台上考虑别人心情边跳舞的讨厌的成年人。那种事，想想都可悲。太没趣啦！"

"就你这样子，还能在世上畅行无阻，真是不得了！"

接着，铃子压低了声音：

"只不过，要在台上成功，当上舞蹈主角，用不着靠用功和才华，像星枝你这样要强才最有资格。这就够了嘛。踩着我这样的，才能爬上去嘛！"

"烦死啦。"

"可你到底有没有对别人的关心和爱感到过开心呢？"

星枝不予回应，只望着镜子里的自己。

铃子也来到她身后，脸蛋跟她并排，望着镜子。

"你也能做到'要这样爱别人'吗？那种时候，你会是怎样的表情呢？你也会有那一天的。"

"我会是寂寞的表情。"

"你说谎。"

"因为有舞台妆，看不见嘛。"

"赶紧整理一下服装什么的吧。"

"好啊，女佣要来了嘛。"

这时，竹内从台上回来了。

《花之圆舞曲》之后，就是竹内的舞蹈。今晚的表演到此结束了。

铃子身子轻盈地跑过去迎接。

"今晚实在是太感谢老师啦！"

她说着，拿起毛巾为竹内拭去脖子和肩上的汗。星枝仍坐在自己的化妆台前。

"谢谢老师啦。"

"恭喜！圆满成功，真是再好不过啦。"

竹内一面任由铃子帮自己擦着身子，一面卸去妆容。

"都是老师的功劳。"

铃子帮竹内脱去舞服，帮他擦起裸露的后背。

"铃子！铃子！"

星枝叫着，仿佛一种犀利的苛责。她拿粉刷敲起化妆台。

铃子却充耳不闻，从洗脸台拧了毛巾过来，仔仔细细地帮竹内擦起前胸和后背，同时欢欢喜喜地讲起今晚的舞蹈。最后，她将竹内的脚放到自己一只手上，像攥住它似的，从脚底到脚趾缝，都擦得干干净净。紧接着，又帮竹内揉起腿肚子来。

铃子的动作格外欢喜，饱含着真心。因而，看起来完全是美好的师徒关系。她显然是在坦荡地尽心服侍，没有一丝一毫引人厌恶之处。

然而，铃子的动作太过娴熟了。并且，她还穿着舞服，肌肤袒露，也的确有种窥见私密房中的男女之感。

"铃子！"

星枝又叫了起来。尖锐的语声透着一股神经质的嫌恶。接着，她砰的一声起身，出去了。

竹内默然望着。

"啊，算了！谢谢你啦。"

说着，他走到装在房间一角的洗脸台前，一面洗脸，一面道：

"听说，南条要搭下星期的船回来啦。"

"呀！真的吗，老师？太开心啦！这回他可是真回来啦？"

"嗯。"

"不知他还记不记得我呢？"

"那时候，你有多大来着？"

"我十六岁嘛。也不知他还记不记得，他还批评我说，跟这种没有恋爱经验的女孩可跳不来,太乏味啦。"

"记得吧。这回他应当很高兴,会主动要求跟你跳的。说不定还会说,没恋爱过的才好呢。本以为你还是个孩子,竟然出落成这么棒的舞女,想必会让他大吃一惊的。"

"讨厌啦,老师。我是盼着他能回来教我的。可一到关键时刻,又很怕他,先担心起来啦。人家可是在英国的学校扎扎实实地学过,在法国看过一流人物的舞蹈。像我这样的,没准儿会让他嫌弃呢。"

"男的又不可能老是自己跳嘛。无论如何,都需要一个女舞伴。"

"不是有星枝在嘛。"

"不要输给她嘛。"

"要是让南条看见了,我一定会缩成一团,瑟瑟发抖的。星枝才会全不在意地跳呢。舞伴要是跳得好,自己也会像被人施了神奇的魔法一样,发挥出超常的水平。好害怕呀!"

"你也是个吃苦头的性子嘛。"

竹内有些不悦道:

"等南条回国了,我们马上举办回国舞蹈会演。那个时候,你们一起跳跳看。我希望你们以南条为中心,三人和和气气地发展我们研究所。那样,我也可以放心隐退啦。让你吃了那么多苦头,这回终于可以和南条一起携手,风风光光地登上舞台啦。研究所的地板还要翻新,墙壁也要重新刷过。"

南条的回国计划推迟了两三年,已成了竹内的一块心病。铃子一面回忆着,一面想象起到横滨接他时该有多么喜悦。

"还是要绕道美国回来吗?"

"听说是的。"

"听说是的?"

铃子有些错愕,她反问起这话是否是信函或电报上写的?

"说实话,我还是刚才在这里听记者说南条要回来了才知道的。"

"呀,都没通知老师您一声?这种事?会有这种事……"

铃子愕然了。可当她看见竹内黯然的表情时,不禁体会到一丝对老师的同情,以及自身也遭到南条抛弃般的失望。忽地,她带着哭腔道:

"真是难以置信。他可是在老师的关照下才能留洋的。这个不知感恩的疯子!那您还要去横滨接他,真讨厌!不管别人怎么说,这种人我是不会跟他跳的!"

星枝来到走廊上时,负责道具、照明的人员正乱成一团,忙着善后。乐师们拎着乐器回去了。

观众席上霍然暗了下来。

那些负责晚会的人和舞女们的家眷亲友,以及一些似乎是舞迷的学生和小姐,各自脸上带着某种兴奋,要么评论着今晚的舞蹈,要么坐在长凳上等候,要么在后台进进出出。

说是舞女,其实都是些舞蹈艺术的研修生,因而并非一直做舞台上的工作。此外,也少有人立志将来做舞蹈家的。半数是女大学生或小学生,很多都是豪门小姐。

她们的后台要比铃子等人的后台大,有人在脱舞服,有人到后台沐浴,有人化妆,有人忙着寻找自己的鲜花,个个忙着准备回家。在那份快活的喧闹中,那片青春的声音里,依然缭绕着舞蹈结束后兴奋的余韵。

"恭喜啦!"

星枝在走廊上收到许多人的祝福,言辞还是老一套。人们请她签名,对她不吝赞美。

她简单地回应了每个人。正在舞女屋内玩耍,忽听家里的女佣在走廊上喊她。于是,两人又一起回到自己的后台来了。

一开门,却见铃子正从背后帮竹内穿好衣服。

星枝全不在意,不像刚才,看也不看一眼:

"这个,这个,还有这个……"

她走动着,告诉女佣哪些是自己的服装。

接着，铃子以表情朝她示意了下，淡淡地点点头，披上春装外套，把竹内送到门口。

等不及竹内的汽车开动，铃子说了一句，南条就要搭下周的船回来了。星枝冷冷道：

"是吗？"

"可是，听说他都没通知老师一声，也太不知感恩啦！就没见过这么离谱的人。真过分！老师可怜透啦！"

"是啊。"

"舞蹈家们联合起来排斥他，一致在报上批评他，不就行啦？我们约好不去接他，也绝不跟他跳舞吧。"

"嗯。"

"不行哟！你这样说，太靠不住啦。你得再认真一点儿表示愤慨才行。你也是个薄情到不输南条的家伙。"

"什么南条不南条的，跟我无关。"

"老师不是常把他挂在嘴边，像自己的孩子一样吗？你都没看过南条的舞蹈？"

"舞蹈倒是看过。"

"很棒吧？他还被人家夸说，日本第一个西洋舞天才诞生了呢。都说他是日本的尼金斯基、日本的谢尔盖·里法尔。所以，老师才会借债到倾家荡产送他去留洋的嘛。竹内研究所变得一贫如洗,不就是打那之后嘛。"

"哦?"

刚好碰上星枝的汽车司机和女佣搬来她的衣箱,还有别人送她的荷包。

等候在走廊长椅上的青年站起身,像是要跟在星枝身后走过来:

"友田!"

"呀,在干吗呢?怎么还不回去?"

星枝说着,若无其事地走过去了。

回到后台,卸去妆之后,铃子钻进角落的屏风背后,一面脱去舞服,一面说:

"就连我们两个今晚的会演,老师也硬着头皮借了债呢。"

"哦?"

星枝一面在意着胸前和手臂上的香粉,一面问:

"要不要泡个澡再回去呀?"

"星枝,你也得想想啊。这研究所的房子也好,乐器也好,但凡像样点的东西都抵押到当铺里啦。为了筹措今晚的场地费用,老师可是奔波了三四天呢!"

"服装费也攒了不少吧?服装店那边还啰唆说了一大堆。那种事最烦人啦!"

"星枝！"

铃子有些忍无可忍了。

"有句话叫'一道拉门外，站的是乞丐'，你知不知道？"

"知道呀。有句话叫'人穷还得卖缎带'嘛。"

"星枝，还不知几时你也要把缎带卖掉呢。乞丐一样也是吃米的哟。你也太不懂体贴人啦。刚才也是，你太过分了吧？居然露出那么嫌弃的表情。我身为弟子，照顾老师，哪里不对啦？"

"好脏！"

"脏？什么脏？"

"好脏！老师的裸体，好脏啊！我觉得，你还真敢碰他的身子呀。"

"唉……"

铃子有些意想不到，却又被她触动，一时语塞了。

"咱们去泡个澡吧？"

"你是说，要我洗洗手吗？"

铃子仿佛带着一种屈辱的心情，脸颊僵硬了。

"看你做那种事，我很讨厌。"

"可……"

"太不堪啦。"

星枝强硬地坚持着。

铃子仿佛被人推倒一般沉默了。

"我就是觉得可怜,看不下去,心里有股无名之火在燃烧。"

"因为我?"

"是呀!"

"知道啦。好开心啊!"

铃子自言自语似的道。

"有钱人家的小姐,跟穷人家的孩子就是不一样嘛。可能是你天生的性格吧,没办法啦。只不过,我是可怜老师,才真心服侍他的。什么住家徒弟的义务啦,什么讨好他啦,我可不是抱着那样的想法去打理老师起居的,只是喜欢做而已。可女人嘛,结了婚就不行啦。"

"别人怎样,都无所谓啦。我喜欢你,铃子。所以,才会觉得讨厌,觉得难过嘛。"

"嗯。"

铃子搂住星枝的肩,叫她坐到化妆台前。

"我帮你化妆吧。"

星枝坦然地点点头。

两人都已换上了各自的衣服。

铃子一面整理星枝的头发，一面道：

"我应当是打十四岁起就当了老师的徒弟。他还送我到女校读书，对我爱护有加，像亲生的子女一样。可我还是跟女佣一起做了些任性的事。毕竟，还是别人的家嘛。所以，我就长成了一个处处留心的孩子，最先考虑的不是自己的心情，而是别人的心情。就因为一门心思要学跳舞，才忍下来的。"

"'别人的心情'，能从旁看得那么清楚吗？真让人怀疑。"

"别讲这些不知足的话啦。老师没有太太，对吧？可能就是因为这个理由，我才格外理解老师的心情吧？有时还会想，要是我不在身边，老师会怎样呢？会不会每天都穿着脏兮兮的衬衫，指甲也不修剪一下呢？"

"你说要理解别人的心情，就不觉得悲哀？"

"是呀。所以说，我深深地体会到，艺术这东西真是可贵。要是我没有献身艺术，眼下一定会长成一个性子古怪、心地不好、卖弄小聪明的孩子，一定会失去少女的天性。这一点被艺术挽救啦！"

"什么艺术不艺术的，我好怕呀！"

"舞蹈不是艺术？难道不正是因为星枝你跳舞有天分，大家才容忍你的任性吗？去掉了舞蹈，你就是个让人无可奈何的疯子嘛。"

"什么艺术，总让我害怕。我很容易着迷。一旦着了迷跳起舞来，当时的确开心得很。可自己究竟会带着这种飞天一样的好心情飞到哪儿去呢？会变成什么样呢？总觉得不安。在梦里飞天，就是那种心情。一样东西我都抓不住，嗖的一下就飞走了。就算想停下来，也会像别人的身体一样飞走。我可不想迷失自己。不管什么事，我都不想太着迷。"

"真是个站着说话不腰疼的千金小姐呀。你是因为对自己的天分自恋，才说出这种话的吧！真羡慕你呀。"

"是吗？铃子，你将来真想当个舞蹈家？"

"讨厌！事到如今，还有什么好说的？"

铃子一面笑着，一面用大粉刷拍了拍星枝的脸蛋。星枝紧紧地合上眼，微微探出下巴道：

"你瞧，我脸上就是寂寞的表情嘛。"

铃子指着星枝的胭脂，一面描眉，一面道：

"刚才你在难过什么？真没见过你那样胡闹的，害得人家舞姿一下子乱啦！"

然而，星枝却像一张优美的面具，一动不动。

"要是那样害得我在台上倒下，可糟啦！"

"人家不想跳了嘛。正要下台时,我瞧见妈妈在观众席里。我心想,烦死啦,结果一下子跳错了舞步,无论如何都跟不上音乐啦。再说,伴奏也不好嘛。"

"呀,你妈妈来啦?"

"她还悄悄带了一个似乎是打算招做女婿的人来呢。应当说,我可不想让人家看见我光着身子跳舞的模样。"

铃子愕然,望着星枝的脸道:

"嗯。"

她刚把眉笔放进化妆台旁的化妆包里,又道:

"哎呀,首饰呢?收到哪儿去啦?"

"不知道啊。"

"明明在这儿的呀。你真不知道?要是弄丢了,可讨厌啦!让一下。"

铃子拉开化妆台的抽屉,朝里面张望,慌张地寻找着。星枝却听任铃子这样做。

"行啦!可能是女佣拿走了吧。"

"要是那样就好啦!可女佣应当也没收拾化妆台上的东西呀。要是丢了可糟啦!就不该放在这种地方,那可跟舞台上用的玻璃假货不一样。我去找人问问再回来。"

铃子一副坐立不安的架势,冲出了后台。

星枝冲着镜子照着自己的脸蛋。

室外的晚风应当已是初夏了。然而，后台里由于舞服和鲜花以及她们的香粉胭脂，依然氤氲着晚春的香气，竟像年轻的肌肤般柔滑润泽起来。

取道美国的筑波号，上午八点驶入了横滨港。

竹内等人由于职业的关系，早已见惯了对国外的音乐家、舞蹈家迎来送往。因此，他们估算好轮船停靠码头的时间，稍微迟来了一刻。

汽车刚在海关前停下，铃子便跑到那里的陆务部领了门票回来。这里果然一派港口景象。他们走过新港桥，右手边是成排低矮细长的仓库。桥左边壕沟一样的污浊海面上和三菱仓库门前，停满了老式的日式木船。洗过的围裙、布袜、旧式裤子、贴身衬衣、尿布、孩童的衣物等杂乱地晾在船上，且陈旧脏污，反为周遭的现代海港风景平添了一缕异国风情。还有些清洗早点餐具的船只。

除了竹内和铃子外，还有两个女徒弟也跟着来了。其中一人在海关岗哨前下了车，去给人看照相机。

到了四号码头，星枝正等在那里。她家就在横滨，所以自己先来了。

"呀,你也来啦!"

说着,铃木一下车就把自己手上的鲜花递给了星枝。星枝虽然接过去了,口里却说:

"可是,老师,我可不认识什么南条,也不愿意把这玩意献给他。"

"行啦,他以后可是站在台上给你做舞伴的人哟。他是我引以为傲的徒弟,跟你也像兄弟姊妹一样嘛。"

"我已经和铃子约好啦,不会跟南条跳的。您不用去接啦!"

竹内只是笑笑,走到轮船公司办事员处,查了查乘客名单。铃子也从背后瞄了过去。

"啊,有他呀!老师,是185号船舱哟。到底回来啦,回来啦!"

她脸颊发光,险些跳了起来。她把手搭到竹内肩上,竹内也惊喜道:

"是嘛,到底回来啦!"

"真像做梦一样。太激动啦,老师!"

他们一脸快活地眺望着港口。

只要没发疯,南条应当不是那种跟竹内老师一声不吭就跑回来的人。究竟怎么回事呢?可是,对这样一个南条的怒气与怀疑仿佛统统混进了重逢的喜悦中，被船只入港时的心理活动一扫而空。竹内大约回想起爱徒南条年少时的情形了吧。

他们决定走上码头的二楼，在临港食堂里等候。那里也站满了前来接船的人。每个人都透过敞开的窗口望着港口。女弟子们仿佛有些坐立不安，只轻轻呷了口红茶，便将鲜花搁到桌上，跑到走廊去了。

港口内洒满了初夏上午的日光，停泊着许多国家的客船、货船，摩托艇穿梭其间。

铃子兴奋着，也分不清哪一艘是筑波号。横滨长大的星枝指着远处的海面说：

"那个！就是那个，现在正朝这边来的，那艘又大又美的船，带着红色横条纹、白烟囱的，那艘烟囱又粗又短的船。听说，轮船上要是没了烟囱，乘客都会有点儿担心。所以，轮船公司的揽客原则就是要把烟囱装饰得漂漂亮亮的，叫装饰烟囱。烟囱一大，看上去给人感觉格外可靠，总觉得船速也会快些。"

得知那艘就是筑波号，铃子也不禁欢喜起来，就像自己的事一样，心想着南条见到久别的故土，该有多么欣喜。

"南条也看见我们了吧？一定看见了吧？不会正在甲板上举着望远镜吧？"

说着，她跟旁边一名女子借了望远镜。女子穿着厚厚的人字拖，头发干脆烫卷了，袖子长似振袖。

"乘客开始下船以后，还需要好一段时间呢。咱们去散散步吧。"

星枝说着，拉起铃子的手臂。

她们与匆匆朝码头赶来的汽车、人群相向而行，折回到刚才走来的路，铃子只顾望着筑波号的方向，带着一丝焦虑不安。

星枝打开神奈川版的报纸，一面出声念着"出入港船只栏"，包括今日入港、今日出港、明日入港、明日出港、今日在港的船只，一面对照着停泊的船只，一副横滨本地少女的架势介绍着什么邮政通信省提供补助的优秀货船，什么达拉公司的船只。铃子心不在焉地听着。

她们来到栈桥。一艘欧洲航线的英国船横在那里，一名水手只是在甲板上俯视着这边。一走近船身，只觉上面安静得透着诡异。

栈桥食堂也关门了。

一辆载货的马车哐啷哐啷驶入。那是一匹何其老朽的瘦马！车夫那模样也与那马极般配，像是要睡着似的，眼看就要一骨碌直接翻倒在地。说是马车，实际上也不过是一辆木板的四角上支着棍子的旧车而已。

对面走来一对貌似英国人的老夫妇，牵着一名十二三岁少女的手，静静地走回船上。少女正用天真的嗓音唱着歌。

星枝与铃子伫立在不知该叫栈桥顶还是二楼的边缘上，望着港口默默无语。片刻，星枝忽然开口了：

"铃子，你会嫁给南条吗？"

"哎呀！没有那回事。你怎么问这个？讨厌！那是人家瞎传的。"

"你不是盼着南条一回国就嫁给他的吗？"

"胡说，只是别人那么说的。"

铃子飞快地答道。之后，又自言自语似的说：

"那时候，我还是个孩子。他出国的时候，还当我是个孩子呢。"

"初恋嘛。"

"五年前啦。"

"铃子，你要是嫁人了，老师会孤单的吧。"

"哎哟，你还会这么体贴人啦？真是稀罕。要是让老师听见了，他一定会开心的。"

"话说回来，也无所谓啦。你还不是照样会嫁人嘛。"

"可南条但凡能稍微为我想想，都不该一声不响地回来嘛。总不该连封信或是电报都不来呀。"

"那你还来接他，真是傻呀！"

"南条一定会喜欢你的，星枝。"

"你这种没用的家伙，跟我可没关系。骗子！"

两人回到四号码头时，筑波号的巨大船身业已驶近，仿佛正向迎接的人群胸口逼来。

船上传来奏乐声。

海鸟成群而来，惊慌地飞过船只与码头之间。摩托艇从船头、船尾拖着网过来。码头上的人群摩肩接踵，正往栏杆上探出身子。已经能看见乘客了。乘客们也涌到甲板上，有人挥舞国旗，有人对着望远镜观望。底下并排吊着救援船只的一面面圆圆的舷窗里，也露出一张张面孔。

既有前来接船的人高举着像迎接退伍兵时的国旗，洋老外的家人正彼此拥抱，挥舞帽子，也有不顾人群骚动，独自倚着食堂外墙悠然读着外文书的日本少女。码头前端聚着一伙酒店前来揽客的人。不光有穿着花哨的业者前来迎接衣锦还乡的留洋乘客，也有似乎是移民配偶的村民，也有船员家属，还有港口娼妓那显然睡眠不足的脸蛋。

已经能看见船上人们的脸了。船上和岸上的情绪产生了关联，充斥着一股巨大的欢喜。这是纯洁而兴奋的一刻。也不知是否看见等候的人了。

"啊,真高兴,啊!"

看见身旁美丽的大小姐一面叹息,一面踮起脚尖跺着脚,铃子禁不住受到吸引,高高挥动起鲜花。竹内的声音也高了起来。

"哪儿呢?哪儿呢?南条在哪儿呢?看见啦?"

"没看见,可就是高兴。"

"你好好瞧瞧,他在不在?"

"南条一定已经认出我们啦。"

"怪啦!也没有像南条的人哪。真奇怪!"

可是,由于身旁的人纷纷急着下去了,竹内等人也跟着到了外面。在那里,等候船只入港的人已排成长龙。铃子和星枝被前后的人推搡着,于是把鲜花举到了头上。

很快,船只允许入港的时间到了。他们也经B甲板上了船。本以为南条会在入口的接待室等候,谁知遍寻不见。

"一定还待在船舱里呢。"

说着,他匆匆走了过去。185号船舱前的确用英文字母标着乘客南条的名字,门却关得紧紧的。敲了门,也不见回应。

接着,他又匆忙寻遍了A甲板上的散步地点、吸烟室、图书室、娱乐室还有食堂,仍不见南条的身影。到处都是为重逢而喜悦的至亲、恋人、好友。竹内撞上那些人，推开那些人，快步走着走着，表情渐渐阴沉，脸色开始变了。

铃子与星枝走上窄窄的楼梯，那里是儿童玩耍的房间。

"呀，还做了个玩沙子的地方嘛！"

星枝手握着沙子，很是稀罕。铃子哭着跪到那小小的沙坑上。

"真过分！真过分！太过分啦。"

"也用不着哭吧。"

星枝噘着嘴，握紧拳头说：

"真痛快，不是挺好玩的嘛！"

竹内眼睛通红，走向事务所，问道：

"185号船舱的南条已经上岸了吧？"

"这个嘛。客人这么多，我也不清楚。不过，刚才负责这里的服务生应当还在附近，说不定他知道。"

事务员答道。于是，他们又折回船舱，向打扫周围的服务生询问。

"大部分客人应当已经上岸啦！"

185号船舱果然上了锁。

两侧都是船舱的细长走廊上，油漆一味地泛着白光，全无一丝人影。

接待室里，女弟子们一脸忐忑地等候着。那里也已空落落的了。竹内压抑住怒气，苦笑着说：

"听说已经上岸啦。早知道，咱们在岸上等着就好啦。"

那或许是对的。码头有两层，就像楼上楼下一样。来接人的人都要经楼下上船，乘客们上岸则要经楼上过来。应当是为了避免拥挤。从岸上架到船上的桥，也有上下两座。难道说，在竹内他们上船之前，南条就已经火速上岸了？

乘客的行李正接连被人搬运出来。

正要下船那一刻，星枝哗的一声将鲜花丢进海里。看见鲜花漂在海浪上，铃子呆呆地盯着自己手上的花。

临港食堂依然场面热闹，还有人在发表回国的圆桌演讲。

走出码头后门，朝一辆辆汽车内瞄去，始终没能发现南条的身影。向新闻记者打听过后，得到的回应是，他们自己也在找南条。如果他在场，也希望听一听他的回国感想。

竹内大约有种难堪、屈辱与愤慨的心情。此外，悲愤之余，他应当很想一个人静一静。

"实在抱歉啦。失敬，告辞了。"

他头也不回，匆匆迈开了脚步。

女弟子们只能面面相觑。星枝家里的司机把车开到近旁来了。

"要回去啦？"

铃子冒了一句。星枝却用力摇了摇头。

"不回去！"

"可……"

铃子怔怔地目送着竹内的背影。这期间，她眼里盈满了泪水，猛地冲了出去。

"老师！老师！"

她追了上去。

两名女弟子不知所措，冲着星枝问：

"你不回去？"

"不回去。"

"那，再见啦！"

"再见啦。"

星枝又独自走上了船。来到南条那间船舱前，她轻轻倚到门上，门却纹丝不动。她闭上眼，表情仿佛带着冷漠。

无论是仓库那印度红的棚顶，还是街边林荫树的新绿，抑或前方充满西洋风情的街道，以及海上吹来的微风，都有种开朗而鲜明的印象。铃子脚上的鞋子也仿佛发出响亮的声音，或许这使她要追上竹内的想法越发得悲哀了吧。她目不斜视地

跑过去,

"老师!"

她像一头扑过去似的追上了他。

"啊。"

竹内看似一脸意外,却显然有一丝喜悦涌上心头。

"就你自己?"

"嗯。"

铃子摘下帽子,一面晃动着发丝,一面擦着汗。

"已经入夏啦。"

"天气真好呀。"

铃子快活地笑着:

"星枝她们也不知怎样啦。我是直接跟在老师后面追来的。"

竹内一言不发。铃子一面不经意地看着竹内的脸色,一面走着。

"南条说不定在酒店里休息呢。"

竹内说着,走进了NEW GRAND酒店。可南条看来并不在这里,他又立刻出来了。

"吃了午饭再走吧?"

铃子正在门外等着,她却沉下脸来,一味摇摇头。

"咱们走走吧?"

铃子点点头。他们从绿意正浓的山下公园旁走过垂柳摇曳的谷户桥,沿一条两旁有西式花店的坡道,朝山坡顶上气象台旗帜的方向攀爬。渐渐传来了赞美诗的歌声,似乎是一群少女唱的。两人被歌声吸引着,走进了洋人的墓园。

虽说这是墓园,但那太过灿烂、充满绿意的草坪却凸显着大理石的洁白并点缀着花草,在初夏正午的阳光下格外耀眼,恍若一处整洁干净、有条不紊、快活静谧的庭园。山的陡坡上,从泊在港口的船只,到海岸的街市、伊势佐佐木町的百货店,以及远处的山峦,右手边景致一望无尽。

赞美诗声从山麓方向的墓地远远传来。看来是些教会学校的女学生。

入口道路一侧的堤坝上,杜鹃花开得正绚烂,有如火烧,色彩宛若映在大理石十字架的表面。

女人衣着的颜色,借着那片草坪与空气,好似一幅鲜艳的图画。尤其是年轻少女的日式和服,简直美得无法言喻。前方风景一望无际,不见一丝遮拦,因而恍若浮在街道的上空。这里应当也是横滨的名胜之一,因而不只有前来参拜的外国人,也有盛装游玩的日本少女在徘徊。

致爱妻圣洁的回忆——铃子颇为稀罕地读着那些碑文和底

下雕刻的《圣经》语录，仿佛也懂得了与这些墓地相关之人的悲欢离合。她感到自己的情绪正真实地流淌而出。

"哎，老师，南条是不是真的回来啦？"

"回来啦。明明都看见船舱了嘛。"

"不会半路上跳海了吧？"

"哪有那种傻事！"

"我是不相信嘛。只是觉得船舱里载着南条的骨头或者魂儿回来啦。"

说着，铃子竟发现脚边有片小小的墓地，崭新的大理石正面刻着百合花。

"哇，好可爱！这是婴儿的墓地呀。"

说着，她像忘了似的，把捧来的鲜花随意地摆在墓地前面。

这片小小墓地前，还是片大理石围成的花圃。不光有花圃里栽种的鲜花，还有扫墓人自己带来的盆花。

"星枝早就把鲜花丢到海里了吧？才不会像我这样一直捧着走路呢。只要想着把南条丢到这片老外的墓地来了，不就行啦？"

"可不是嘛。"

竹内一面有气无力地回应，一面迈进仿佛海角般伸出去的草坪。唱着赞美诗的少女们，沿着下山的路回家了。铃子也坐到竹内身旁：

"老师，上次会演那一晚，我已经跟星枝约好了，绝不会跟南条这种不知感恩的家伙跳舞的，也不会去接他。只不过，老师说了要去接他，才……"

"算啦。"

"我觉得，他不是个不跟老师打声招呼就踏上日本土地的人。"

"他有他的想法吧。或许，有什么个中缘由呢。总之，他搭着那艘筑波号上了岸是的的确确的。找遍全日本，总会有人知道的吧。既然他的工作是站在台上，也不可能一直躲着。你得把他揪出来。"

"讨厌啦！"

"你不是跟南条有过什么约定吗？"

"约定？"

"就是在南条出国前嘛。"

"没有。根本没有。"

铃子一脸的认真，不住地摇着头。

"只不过，送他来港口时，他跟我说过一句'在我回国之前，不管发生什么你都不要放弃跳舞'。"

"那你就该遵守那个约定嘛。就是说,哪怕像我这样的老骨头丢到坟里去,你也要和南条一起跳嘛。"

"不要,老师,您不要说什么跟您分开那种话。"

"也没什么大不了的嘛。所谓钻研艺术,可是更残酷哟。哪怕是父母兄弟,都得狠心抛弃。要忘掉人之常情,得先舍弃自身才行。"

铃子盯着竹内的脸,看了一阵:

"老师,您在说谎。"

"说谎的,是你哟。"

"老师,您之前更疼我哟。"

"那倒是。可这五年来,你不是一心盼着南条回国的嘛。一到紧要关头,却又担心什么被南条嫌弃啦,缩成一团不敢跳啦,太过退缩。还因为南条没通知我们回国的船期,立刻抱怨他是个不知感恩的疯子。这些话,都不是出于你的真心吧?"

"是真心呀。老师,您不觉得南条太过分了吗?"

"当然啦,我很生气。"

"那您还要去接他。"

"是啊。话说回来,也有一部分是想让南条关照你们,才忍着屈辱来的嘛。"

竹内嘴上说得好听,内心却有些愧疚,还有一丝失落。因为，原本他计划让新回国的南条做研究所的助手，恢复这里的人气，扭转研究所惨淡的经营。但眼下这情形，铃子心里是不可能冒出那种想法来的。因而，她吃了一惊。

"嗯。"

她点点头。

"老师，您的心情我理解。所以，更觉得不甘心啦。"

"为了这种事认输也没用嘛，要简单些。"

"那该怎么办呢？"

"你不是知道吗？得把南条揪出来。你得想办法学会他从西洋学来的东西。要以一副吸干他性命的势头，咬住他不放。那也算是一种报复的方式吧。假如说，南条辜负了我和你的话。假使他是个恶人，你也会为了那份恶一起毁灭。假如说，你爱南条的话。那样一来，岂不是不留遗憾了吗？我会帮你收拾尸骨的。始终了无遗憾地活下去，没准儿才是艺术的根本呢。你想念南条都五年了，现在却因为些无聊的小事给这份纯情蒙上阴影，岂不可惜？"

铃子听着听着，哭了起来。

竹内这把年纪，还会说出这种话来，应当既有对年轻的嫉妒，也有对逝去青春的悔恨，还有对铃子的爱吧。但这话在铃子听来，却带着真诚的回响。她一下子站了起来。

"即便说南条有些不知感恩,世人也必然为他的舞蹈喝彩哟。"

铃子仿佛要拥抱老师似的,抬眼道:

"您好失落呀!老师。"

"你这样哭,也是被南条害的嘛。"

"不是的。我听了老师的话,总觉得有点儿失落。"

"别在意啦!"

"可我从来没有感觉被您这样抛弃过。"

竹内一惊,望着铃子若无其事道:

"友田家是不是在这儿附近?"

"嗯,星枝已经回家了吧。"

"顺道去坐坐?"

铃子沉默地摇摇头,起身迈开了脚步。

到竹内和铃子走进外国人墓地时为止,星枝始终倚在南条那间船舱的门上,一动不动地站着。表情似乎很冷漠。

终于,响起钥匙插进锁孔的声音。星枝把身子悄悄退后。门轻轻地开了。星枝的身子刚好掩在那片阴影里。一名女子从门内探出头来,往走廊上顾盼。接着,在女子身后,南条走了出来。

南条手上拄着松木拐。

女子的手轻轻碰了一下，门自动关上了。

看见星枝站在那里，南条和女子都一惊，停下了脚步。可是，星枝与南条互不相识。

星枝倚在那里，垂着眼帘一动不动。

南条二人无奈，只能走过她的面前。星枝稍稍隔开一段距离，也迈开了步子。

女子忐忑地回过头，像是责备南条似的：

"那是谁呀？"

"不认识。"

"骗人！"

"我要是认识，就跟她打招呼了吧？"

"那是因为我在嘛。扫兴了吧？"

"别开玩笑啦。"

"可她难道不是在等你出来？"

"不记得见过她呀。"

"脸皮可真厚，她跟过来啦。好讨厌啊！"

两人的对话，星枝是听不见的。她怒气冲冲地握起拳头，敲打了两三下自己的腰间，紧紧闭上嘴巴，若无其事地走了过去。

船上已经没有一名乘客了。

码头上也是静悄悄的，只有工人在搬运船上抛下的行李。

南条和女子逃也似的走到码头后门，坐上了出租车。

南条的右腿似乎有些问题。

女子看上去比南条稍年长，三十出头的样子，是位西洋风情的美女。

"小姐，您怎么啦？"

星枝的司机诧异地打开车门。

"快跟上那个瘸子的汽车！浑蛋！"

"那个，就是刚才那两个人？"

"没错。要是跟丢了可不行！不管他们去哪儿，你都得跟上。"

司机被星枝的气势压倒，连忙一面开车，一面问：

"怎么啦？那是什么人啊？"

"舞蹈家。拄着松木拐的舞蹈家，绝无仅有了吧？就像哑巴歌唱家一样。真有他的！"

"跟上了，您要怎么做呢？"

"谁知道。"

"您来接的，就是他？"

"是啊。"

"那位太太，是他的同伴？"

"谁知道。"

"您之前就认得他?"

"不认得。"

"只要记住了车牌号码,回头就知道他们要去哪儿啦。"

"你也太多话啦!只要跟着他们就行啦。不觉得别扭吗?"

星枝冷冷地呵斥道。

汽车飞驰着,驶离了横滨的街道,经藤泽穿过松林,直冲向明亮的海面,眼前现出江之岛的身影。

路程格外漫长。前面那台车早已留意到被人跟踪了。或许是为了甩掉星枝,才这样了无意义地兜着圈子吧。

对南条来讲,星枝的举动完全不可理喻。从星枝的年纪来看,在他出国时她显然只有十五六岁,他并不记得见过这样一名少女。再说,刚才那副近乎漠然、冷冷的举动又是怎么一回事呢?那与其说是一种傲慢强势,不如说是一种近乎虚无的美,留给他一丝可怕的印象,又不便停下车,追问她为什么要跟来。

女子则只能想到南条与星枝之间有着某种秘密。尽管如此,这位看似并无不良举止的年轻大小姐那份穷追不舍的大胆,也着实不可理喻。

连星枝都觉得,自己的举动简直不可理喻。

汽车从江之岛口朝鹄沼方向驶去。这是一条沿着海滨兜风的公路。左手边是沙滩，右手边是平坦的松原，天气晴朗，眼前一片开阔。柏油马路看似一道白线，直至远处的伊豆半岛上空都是晴空万里，富士山隐现其间。浪声滔天，目力所及之处正是一望无垠的沙滩。幼松株株低矮，风景平坦而明亮。还有密密匝匝丛生着松苗的沙地，视野所见到的植物全是松树。

两台车飞快地开了过去。驾车技术看似无可挑剔。

片刻后，前面那台车在辻堂的松原处拐过弯，消失在那里的一栋别墅院内。

后面的汽车也放慢了车速，跟着驶入那条窄路。星枝把身子靠向车窗，正要看一眼门牌时，南条忽地从大门背后冒了出来。那条路窄到车身都已碰到两侧的松叶，南条和星枝的脸竟意外地相对，近在咫尺。气息吹拂过来，甚至能感觉到肌肤的温度。

星枝的脸蛋一下子飞了红，闭上了嘴。

"您是哪一位？您有什么事吗？"

南条极力装作若无其事道。

星枝默然。

"您是跟着我来这儿的吧？"

"嗯。"

"那到底是为什么呢?"

"我是个疯子。"

"疯子?你?"

"嗯。"

南条冷冷地盯着星枝:

"嗯,疯子倒是有意思嘛。我最喜欢疯子了。既然您难得来到这儿,就进来聊一会儿再走吧。"

"没什么可聊的。"

"真没礼貌。不问清你为什么跟来,我不会放你走的。"

"我是个疯子嘛。"

"别开玩笑了。你在愚弄人吗?"

"那是你。我只想侮辱你而已。"

"什么?"

星枝朝司机做了个开车的手势,猛地难过地闭上眼,

"我才不会被你这根时髦的松木拐骗到呢!"

南条宛如做了一场噩梦,目送着星枝的汽车远去。

铃子正在教少女们练习基本动作。

女童们的年纪和那些跳《花之圆舞曲》时往台上献花的少女相仿。铃子很擅长跟孩子打交道,她热心地照顾着她们,很

多时候，还会代竹内教她们练习。

三四个年长的弟子与女童们分开，腿架在把杆上，对着镜子照着各种舞姿，跳着部分动作，各自练习着自己的舞蹈动作。

在会客室里，竹内见到了经理人。

由于南条刚刚来信，竹内脸上出现困惑的神情。照信上的意思看，南条的右腿关节出了问题，只能靠松木拐走路了，今后无法再做个舞蹈家，已是一副行尸走肉。他说，即便是自己先放弃的，可一想到恩师会伤心，也不愿见到他难过的样子。

自己一心指望南条回国的计划，统统成了泡影。尽管南条没有通知自己回国的船期，竹内并未怀疑他是否会回到自己的怀抱，还打算在东京、大阪、名古屋等地都举办回国会演。为了率自家弟子演出，他还跟影院签了约。

"可就算自己不能跳了，也不妨碍做些舞蹈动作吧？拿松木拐做些舞蹈动作，悲剧的宣传效果岂不是更棒？"

年轻的经理人说。竹内一脸提不起兴致地说：

"我可不想拿悲剧作卖点。南条太可怜啦。"

"真是浑蛋。好不容易学了五年，他总该做个舞蹈师，找到自己的生存之路嘛。"

"从南条的立场看，很可能想把跳舞这件事忘得一干二净。总之，要见到南条才能搞清楚。听说，他会上门来道歉。"

"这种黏黏糊糊的温情反而容易毁了南条哟。无论如何，也得让他跳嘛。"

"谁黏黏糊糊啦？你不懂的。"

眼下可不是讨论这种事的时机。经理人直白地说了，应当利用一切有宣传价值的东西，帮助研究所摆脱困境。这无疑也是事实。所里连税款都缴不上了，钢琴也被抵押了，甚至连税务所的拍卖通知都是跟南条的信一起送来的。

不管怎样，也要见到南条再说。因此，他们只谈定了一场宣传浴衣的巡演。或许应当说，是种推销式的巡回演出。他们要以邀请购买浴衣者免费欣赏音乐舞蹈的方式，在各城市巡回演出。竹内虽有些不情愿，但还是决定派铃子和星枝参加这次巡演。

"再说啦，我希望你能保守南条挂松木拐的秘密。你看，他连我都瞒着，偷偷上了岸。老实说，我都没跟我们铃子说过呢。"

竹内反复叮嘱道。他决定和经理人一起出门。

他来到练舞场，只见铃子正伴着童谣唱片，做着幼童的舞蹈动作。她把动作跳给孩子们看，仿佛自己也化身成一名幼童。

大一些的女弟子们在更衣室里脱舞服。

竹内看了一阵孩子们的舞蹈,来到铃子身旁。

"我要出去一下。拜托你啦!"

"好的。"

铃子向少女们叮嘱了一句要练习刚才的舞蹈,便走进里屋,帮竹内更衣。

竹内一面打着领带,一面说:

"之前说过的那场浴衣巡演,我决定让你去啦。好像是份不大体面的工作哟。"

"总之,都是学习嘛,只要认认真真跳舞就行啦。我会一门心思工作的。"

"旅途很长哟。"

"节目您都定好啦?"

"因为是在乡下巡演嘛,那种大众喜欢的、花哨些的舞蹈应当更合适。不过,这种事嘛,还是按你的喜好来吧。"

"嗯。过后我再想想,服装也要清点好。"

铃子把竹内送出门口。

"要下雨啦!老师,您早点回来呀。"

接着,她回到练舞场,嗅了嗅手上那件竹内的练功服,把它丢进了浴池，又继续教起孩童们动作来。

很快，孩童们回家了。

偌大的练舞场里，只剩铃子一人。

她一面倚着钢琴歇下身子，一面若无其事地单手敲响键盘。终于，她选出了唱片，一直听到乐曲播放过半。接着，她忽然激烈地跳起舞来。

她打开壁橱的门。壁橱好像一只嵌进墙内的巨型衣柜，里面挂满了舞服。铃子摸着舞服，像是在追忆一件件往事。她的手却麻利地取了两三件下来。

应当是在准备巡演。她清点着抱来的服装是否能直接用。舞服里藏着舞台的幻影，铃子又想跳舞了。她没有脱去练功服，索性直接套上了舞服。

日头西沉，似乎开始下雨了。

墙上那一整面大镜子随着室内的光线转暗，反而越发显得突兀起来，倒映着铃子的舞姿，好似水中的鱼儿一般。

门口有敲门声。

门静静地开了。接着，铃子并未留意到自己的舞姿被人欣赏了一阵。

咚，咚，她听见松木拐走过来的声音。铃子仍保持着阿拉伯式的舞姿，猛地停住。

"呀！南条？是南条呀！"

她磕磕绊绊地跑过去。

"你回来啦？到底回来啦！"

"是铃子啊。"

"好开心呀！"

"差一点看错人，都出落成大姑娘啦！"

"啊，你回来啦。可是，你也太过分啦，太过分啦！"

铃子摇着南条的身体，却碰到他的松木拐，又立刻缩回了手。

"呀，你怎么啦？受伤啦？"

"老师呢？"

"你受伤啦？站着没事吗？"

"没事。老师呢？"

"哎呀，你怎么啦？"

铃子忐忑地搬过椅子来。

"我到横滨接你来着。可怎么也找不到你，难过死啦！"

"我躲在船舱里了。"

"你躲起来啦？"

铃子脸色煞白，盯着南条。

"你在的？我们当时还那样敲门来着，原来你在的？你也太可怕啦！老师当时也跟我们在一起哟。"

"老师呢？"

"他出去啦。你打算怎么跟老师道歉呢？也太过分了吧。"

"所以，我是来道别的。"

"道别？"

铃子像是怀疑自己耳朵似的说。

南条静静地点点头：

"因为就像一只忘记歌唱的金丝雀。你也看见了，我已经跳不了舞了。"

铃子沉默了片刻。

"见不着老师，反而用不着难过了。铃子，你能替我跟老师好好道个歉吗？能帮我跟老师说一声吗？就说南条回国了，至少他没有自杀，也算是收获吧。"

黄昏的暗意渐浓了。

"对不起。"

铃子的声音犹如水滴啪嗒一声。眼泪溢满她的眼眶，她像呼唤远方的人一样自言自语着：

"跳不了也没事呀。跳不了也没关系。"

这句话似乎也打动了南条的心。他沉默着。

"我等着你,我一直等着你呢。我是一边等着你回国,一边长大的。"

"可是,不管对老师,还是对你,我都是个完全没用的人啦。"

"不,我需要你。我是需要你的。"

"你说,我对你有什么用处呢?你说,我能做什么呢?"

"能做呀。要说做不了的,只有一件事啦。"

"爱吗?"

南条口中嗫嚅着。

"可是,是啊,你我之间能做的,也只剩殉情了吧。"

"去死我也愿意啊。"

铃子落泪了。

"别这么哭啦!这里可有个欲哭无泪、悲惨之至的人呢。"

说着,南条从椅子上站起来。

"我感觉你以前可不是这么感情用事的姑娘来着。"

"那是你的偏见。我很清楚,你对爱多么饥渴。"

"天黑啦。让我看一眼想念多时的练舞场再回去吧。"

南条摸着有印象的照片捻动着。忽地亮了,他显然吃了一惊。

星枝的照片正挂在墙上,对着他的脸。虽说那舞姿只有胸口往上，仍能一眼看出是她。

"那个疯子。"

他不由得喃喃自语起来，一面若无其事地看着，一面问：

"好漂亮的人啊。她也是这里的徒弟？"

"嗯，她叫友田星枝。前一阵，老师还为我和她举办了会演呢。星枝也到横滨去接你啦。"

铃子拭去眼泪。

南条朝着墙上挂的照片一路看了过去。

"徒弟好像很多啊。研究所怎么样啦？"

"很辛苦！你还能问出这种问题呀？你是忘了当初为了让你出国，把这栋房子抵押了吧？还包括后来给你寄的生活费。"

"那我知道。"

"你不知道师母过世了吗？"

"是啊。她对我比亲生母亲还亲呢。"

"打那之后，也不知怎么回事，老师身子一下子就虚弱下来啦。"

"哦？"

"他还一心指望你回了国，自己就可以放心地隐退啦。应该是打算把研究所转手给你吧。"

"替我跟老师说一声吧,南条回国了,没有自杀。"

"你到底怎么啦?"

"这个?关节不行啦。"

"不行啦?错位啦?骨折啦?很痛吧?治不好啦?哎,你说说呀!"

"这个就是我这辈子的腿啦。"

南条用松木拐咚咚地敲着地板。

"靠木腿可是跳不了啦。"

"什么呀?这东西!"

铃子一脚踢开松木拐。由于太过出其不意,铃子赶在南条摔倒之前,动作敏捷地以自己的肩撑住他的右臂,说:

"就把我当成你的腿好啦!不要靠木腿走路,要靠人腿走路。这不是能走吗?哎,这不是能走吗?

"老师可当你是自己的孩子一样哟。孩子残疾了,还有不心疼的父母吗?"

"谢谢。我也想靠温暖的人腿走路啊。"

南条说着,轻轻离开铃子,捡起松木拐。

"给老师带个好吧。因为,我不会再见他啦。"

"我不让你走!"

铃子说着,追上去搂住了他。南条倚向钢琴,用松木拐尖猛地敲了两三下钢琴背后的西洋鼓。

铃子被鼓声吓到,松开了手。

"我要让你睁开理性的双眼。"

南条说。

铃子蓦地心想,这个"你",是指南条自己呢?还是铃子呢?正想着,南条已经走出门外了。

"你要去哪儿呀?下雨啦。你现在要去哪儿呀?"

铃子追了上去,谁知门外早有汽车等着,已经开走了。

她又呆呆地回到练舞场来。

不知想起了什么,她大喊一声:

"铃子!"同时,用力敲了一下鼓,"铃子!"

她又敲了一下。

接着,她丢开拨片,飞快地褪去舞服,走进浴池,清洗起竹内的练功服来。

浴池里铺着白瓷砖,格外洁净。

铃子只洗了一件练功服,便伸展腰肢,若有所思地站了一会儿。接着,她泡进了浴池。整个身子仿佛被一片温暖拥抱了。她忽地微微一笑,又慌忙往脸上泼了一把热水。接着,漫不经心地望向自己的胸口和手臂。

电话铃响了。

铃子身子猛地一缩,朝四周环顾。

到她往湿漉漉的身上披了一件后台装跑去接电话为止,刺耳的电话铃声响彻在寂静的室内。

不知为何,铃子心中激动,声音也如鲠在喉。

"喂,你好。这里是竹内研究所。"

"啊,铃子。就你一个人?"

"星枝?是星枝?"

铃子放下心来。

"不好意思,刚才我在泡澡来着。"

"嗯,下雨啦。"

"我在泡澡,浴缸里呢。喂,你在家吗?从家里打来的吧?打那之后你一次都没来过,要不得呀。你在搞什么呀?"

"今天?"

"嗯。"

"我在用望远镜看港口来着。"

"好讨厌呀。你一直没来过,让我好担心啊。"

"筑波号今天出海啦。"

"筑波号?哦。"

"那个,那个叫南条的人,真怪呀。"

"嗯,他刚才来过啦。我正想跟你说这事呢,他也怪可怜的。腿都跛了，跛了哟！明白没？再也跳不了啦。他说，他一直躲在船舱里来着。"

"是呀。"

"他不想被任何人看见，这也不奇怪啦。他上门来跟老师道歉，让我替他跟老师说一声，就说南条没有自杀，至少活着回来了，这也算是收获吧。老师不在。他是来道别的。"

"还是拄着那根松木拐？"

"嗯，吓了我一跳。大约是傍晚的时候吧。他像个幽灵似的走进来，就站在昏暗的练舞场里。"

"那又怎样啦？"

"怎样啦？你是说南条？我觉得，假如那条腿跳不了了，他今后该怎么办呢？"

"铃子，你又哭啦？"

"他完全听不进我说的话，感觉已经生无可恋，沮丧到极点啦。"

"骗人，那件事。"

"骗人？可他都说啦，是来道别的。老师也不能抛下他不管吧？"

"所以我说，他在赶时髦嘛。我觉得，那就是根赶时髦的松木拐。"

"哦？不是那样的。你没听懂？有唱片在响呀，是你那边的？"

"嗯。"

"那个，南条是拄着拐来的。"

"知道呀。看见啦。"

"嗯，看见啦。他刚走。呀，星枝，你说的，是你看见啦？"

"是呀。所以，才给你打电话的嘛。"

"南条？南条？你看见他啦？你在哪儿看见的？真的？你讲讲啊。"

"我正要开口，你就自顾自地讲起来了嘛。我一直等着他从船舱里出来呢。"

"一直等着？上次？他没拄松木拐吧？"

"拄了呀。"

"你说那是赶时髦？为什么是赶时髦？"

"哪有什么为什么。"

"你说清楚点儿呀。这话有点难以置信。你怎么知道那是骗人？"

"只是我那么觉得而已。"

"为什么觉得？好奇怪呀。有什么必要非得拄根拐杖赶时髦?"

"谁知道。可能因为他是跟一个女人一起回国的吧。"

"女人?"

"喂,喂,铃子,你见到南条时,他真的跛啦?"

"是呀。"

"那么说,兴许是这回事啦。是我猜错啦。"

"那个,我现在到你家里去方便不?时间太晚了,你还得收留我一晚。"

"嗯。"

"还有老师的事呢。"

"那么说,铃子,你是怎么想的?你要放弃跟南条结婚的想法啦?"

"哎呀,哪有那回事。"

"可是,跛脚的舞蹈家,岂不是毫无用处啦?对你来说,跳舞可比结婚来得重要吧?要是你见到南条,被他松木拐的把戏骗到了,觉得这样两个人就没法一起跳舞了,那可要不得。所以,我才打这个电话的。"

"星枝,你的话我听不懂。那个,你说你一直等着,是你自己一直等着南条从船舱里出来的吗?"

"嗯。"

"你那样是要干什么？你这人，做事好奇怪呀。"

"嗯。南条也问我，为什么要跟着他过来。我跟他说，我是个疯子。他和那个女人去了辻堂那里一户姓森田的人家。"

"森田，森田，辻堂那里的？星枝，你也一起去辻堂那户人家啦？"

"一起？我是跟过去的。"

"辻堂？你跟到辻堂啦？"

"喂，喂，你怎么啦？你是要马上来吗？我到车站去接你呀。"

"嗯。不过，今晚还是算了吧。再说，今晚签了个巡演合同。因为南条，好多计划都打乱啦。老师也太不容易啦。那场巡演是宣传浴衣的，你也帮帮他吧。我跟你，咱们两人去。要不然，就连这部电话机，都是别人的啦。"

"烦死啦，还宣传什么浴衣！"

"可是，你这样老师会为难呀。"

铃子说着，啪嗒一声挂上了听筒。

林子里传来一阵枪响。每次间隔少许，一共有四发。

最后一发枪响之后，听见男女的笑声。

可是，拨开那片嫩绿的新枝走进院落来的，只有星枝一人。

　　林子与院落间似乎界限模糊。整个院落被林子包围，一侧却沿着一条小路。

　　小路对面是一片桑田。透过那片桑叶，可以俯视山谷。山谷的溪畔，仅有的小块水田落寞地闪着光。蝉鸣声有一搭没一搭的。

　　这处温泉应当是冬日滑雪、夏季登山的落脚处。这栋别墅建筑也十分简朴，与这片土地相得益彰。旅馆位于高处，与周围相比略显僻静，使人感觉正是孤零零一栋山间房舍。

　　星枝情绪高涨，带着几分野蛮，仿佛正忙着打猎。眼神像要一口咬住野果，一副正欲穿林而过的架势。她身穿轻便的休闲装，格外合身，以致身体动作太过自由，在兴奋即将爆发那一刻，反而显得有些不合身，有些危险了。

　　她一面跑着，一面甩掉脚上的鞋子。她夸张地跳跃两三下，又反复激烈地旋转，最后砰的一声倒在地上。

　　院落里野草蔓延，宛若一块未经修整的草坪。从这里到树林的一片青翠之中，星枝那白色的身影忽地静了下来，一动不动了。

　　她用一只手肘撑起脸颊，夕阳迎面照射而来。淡淡的云彩逆着日光飘过。星枝遥望着远山的落日，表情渐渐透出一丝欲望，眼里盈满了泪水。

这时，她又不由自主地一个姿势爬起身，跳起舞来。

说是跳舞，也不过是些漫不经心的动作，即兴拼凑着基本舞步而已。

她来到单鞋掉落处，正要捡起时，忽地看见前方有个人影缩进小路的树荫里。

她跑到小路上，发现急匆匆走下去的，是个拄拐的跛子。看见他，星枝也没有停下脚步，只是放慢了步子，跟在后面。今天的拐不是松木拐了，而是白桦拐。

南条回过头来，微微一笑。

"你又要跟来吗？"

"嗯。"

星枝漫不经心地答。与其说她正迎面盯着南条，不如说正怒目瞪着他，眼里依然燃烧着刚才那股野蛮。

南条却激动万分道：

"你真是跟竹内老师一模一样！"

"真没礼貌。"

"啊，可能我的说法不大合适，对我来说，真是太熟悉啦。竹内老师的舞蹈，是我少年时代全部的希望和向往，我本意是想夸你。我也承认，你的天分，已经到了不该用跟老师相像来形容的地步。"

"我是说，你偷看没礼貌。"

"那是没礼貌啦。只不过，那样做和你跟着一个躲在船舱里的人来到辻堂，来到这种深山里相比，哪一个更没礼貌呢？"

"装跛子的更没礼貌呗。"

"装？"

南条一惊，望向星枝，笑了笑，在路边坐下。

"你那根松木拐怎么啦？"

星枝冷淡地说道，却并非嘲讽。

"我呢，已经放弃跳舞啦，也厌倦啦。可是，应当是星枝小姐主动跟着我来的吧？"

"我不记得我跟着你来的呀。"

"那么说，是舞蹈跟着我来的吧？舞蹈还不愿放弃我吧？对我来说，你应当就是舞神派来的使者。"

星枝倚在路边，穿上了单手拎着的鞋。

"舞蹈也好，舞神也好，我都不喜欢。只要我知道你拄那根拐是赶时髦，就行啦。"

她冷淡地说罢，企图离开。

"星枝小姐，你在辻堂那里说过，你只想侮辱我，就是指这事？"

南条也站起身，跟了过来，还是拖着一条跛腿。

"我在研究所看过的照片，知道你叫星枝。你也到横滨来接我了，对吧？那次我的举动的确太怯懦了，但我想，现在我可以说出为什么我要躲在船舱里了。因为眼下我被你的舞蹈感动了。喀，请你不要那样逃避。"

"一味逃避的，明明是你嘛，南条先生。"

"是的。我之前很想逃避跳舞。"

"什么跳不跳舞的，无所谓啦。后来，铃子还赶去辻堂那户人家找过了，听说关门啦？原来逃到这种深山老林里啦。"

"逃？这里可对我这种神经痛和风湿最有效啦。这是很出名的温泉。因为来这儿，我的腿也舒服多啦。"

星枝忍不住回过头去，露出一副女性的温柔眼神惊讶地望向南条的腿，脸色却又阴沉起来。她怒气冲冲地加快脚步，紧闭嘴唇。

"星枝小姐，刚才的枪是你打的？"

"是我父亲。"

"那么说，刚才在那里碰到的，是你父亲啦？我正漫无目的地闲逛时，听到那阵枪响，还吓了一跳。就在那时，应当是你的舞姿吧，好像让我一下子清醒过来了。在我体内腐烂死去的舞蹈，仿佛又一下子重生啦。"

星枝冒冒失失地问：

"会好吗？"

"我的腿？当然会好吧。可是，能不能好到可以跳舞，就……"

"真是服啦！您请回吧。"

星枝嚷道。

南条一下子闭上了眼，额头颤抖。

两人不知何时来到了刚才的院落里。

"能再跳一次给我看看吗？"

"不要。"

南条站在院落里，环顾林子的上空：

"在这样的大自然中，像鸟儿鸣叫、蝴蝶飞舞一样自由地起舞，才是真正的舞蹈吧。舞台上的舞蹈，是种堕落。我从那里看见，实在按捺不住，很想跟你一起跳起来。我的身体好像很想不由自主地动起来，就像坟墓里的死人活了过来，跳起舞一样。"

星枝莫名地退后了两步。

"可是，从跳舞来看，我已经是个死人了。那样一个我，现在居然想跳舞了，真是做梦也想不到啊。能再跳一次给我看看吗？"

"讨厌，这话听着让人毛骨悚然。"

"你能再跳给我看看吗？哪怕一个姿势也好。"

"我都说啦，不要。"

"那，我来跳跳看吧。"

"请吧。"

一不留神，星枝说出了口。她既像惊讶又像恐惧地望着南条。

"我的腿可是跛的哟！"

南条忽地笑了。

接着，他的脸色现出了某种变化。夸张些说，是善与恶、正与邪同时掠过的影子。

他似乎有些犹豫，不知该怎么处理右手的拐杖。随即，他举起右臂，一面拖着跛腿，一面跳了起来。

那是种带着凶险预兆的奇怪舞蹈。单手做出动作的美感，反而使人有些毛骨悚然。

然而，跳了不到十五步时，南条忽地停了下来。

"就像妖魔鬼怪的舞蹈，对吧？"

星枝站在院子边上白桦树荫下，表情冷冷的，一声不吭。

"跟星枝小姐的舞蹈比起来，真是阴阳之分啊。单是这一点，就够让我心情沮丧的。我想，你看了我刚才的舞蹈，应该清楚我为什么想再看一次你的舞蹈了吧。"

"讨厌。你是认真的？"

星枝仿佛自言自语似的，嗫嚅道。

"认真？眼下我的确站在生死的边缘、人生的岔路口上。可能是从小学习舞蹈这东西带来的因果报应吧。或许只要看不见人跳舞，我还是没法清醒地看清人的美、人生的可贵吧。"

"我讨厌看见别人认真的表情，也讨厌自己认真起来。就连在台上跳舞时，一眼瞟到那些认真观看的观众，我也会感觉无聊的。要想认真起来，只想一个人待着。"

"你也是个可怜的疯子嘛。"

"是呀，我从一开始就这么说了嘛。上次在辻堂时就说啦。"

"我很喜欢疯子呀。那时候，我就这样说过啦。跳舞，没准儿就是这回事呢。用老话说，把遍布尘埃的灵魂，用比它肮脏的肢体动作纯洁地表现出来，就是这回事吧。"

"我已经不再跳啦。"

"不再跳了，为……为什么？"

南条诧异地盯着星枝。

"你为什么不再跳了？这一点，能告诉我真相吗？"

"因为，做这事，总感觉自己要变成不一样的人了，我好害怕。一跳起舞来，我就会特别认真，过后又会格外失落。"

"这才是艺术家嘛，所谓天才的悲哀。"

"骗人！我什么都不想抓住。什么艺术不艺术的，我才不觉得可贵。我只想一个人待着。"

"这些话，可是星枝小姐你的美，你美好的肢体，让我说出来的。"

"我只想平凡就好啦。除此以外，没有什么自不自由的。"

"你会嫁人吗？"

星枝没有作答。

"明明才看过你那样生动的舞姿，可你的心又为什么如此疲惫呢？真是不可思议。"

"没礼貌。有什么好疲惫的？"

"是受伤了，的的确确受伤了。"

"我才没受伤呢。你的因果报应，是艺术的有色眼镜。真讨厌。所以，我才不再跳什么舞啦。为了证明我既没有疲惫，也没有受伤，才放弃跳舞的。"

"那刚才你跳的又是什么？"

"那个？那是游戏，小孩子蹦蹦跳跳的游戏。"

"可它在我眼里看来就是舞蹈,能感觉生命美好的跃动。"

"那是因为你在装跛子。"

"所以说,星枝,我不是求你,想再看一遍你的游戏吗?因为,那种求神拜佛让瘫子重新站起来的奇迹可有的是。"

"我也讨厌奇迹。"

"用你蹦蹦跳跳的节奏踢飞我这根拐好啦!想必能借那股力量让我站起来。"

"你自己痛痛快快地站起来不就行啦?要是我的游戏有让瘫子站起来的力量,那靠你的舞蹈治好自己的跛脚应该完全不成问题。"

"是吗?"

南条说着,眼中闪过一丝敌意。然而,他立刻下定决心似的道:

"就按你说的,我来跳一下吧。"

"随便啦。"

"看来,这种残酷的观赏方式,正适合我嘛。"

南条又拄着右手的拐,拖着那条跛腿,跳了起来。

可是,舞蹈却跟刚才不一样了。仿佛由于一股怒意,他的肢体动作都是磕磕绊绊的。

"我本来打算一辈子都不跳啦。"

"为什么?"

"因为,我热爱跳舞。因为,我有点儿真正懂得跳舞这件事。"

南条断断续续地说着,舞步也渐渐激烈起来。

积存已久的污垢翻涌着,继而喷发——南条的舞步,就是这样的。

伴随着他的舞步,星枝眼里闪出好奇的光。

她从讨厌丑恶事物的眼神,变成了惧怕危险事物的眼神。接着,仿佛畏惧某种不安,她伸出左手,抓住头顶的白桦树枝。

南条的腿还在跛着,可他的手脚已自由奔放起来,轻快至极。

他的动作越是强烈敏捷,越有美好的线条绽出光来。

星枝用力握紧拳头,逐渐把拳头拉向胸口。

白桦树枝弯成弓形,眼看就要折断了。

"星枝,游戏,你教的游戏,太有趣啦!"

"太好啦!"

南条停下来,忽地看向星枝,一面跳过来,一面说:

"游戏可不是用来看的,是一起玩的。你也过来跳啊!"

星枝不由得缩起胸口，像是要护住身子。

南条又朝对面跳了过去。

"我能跳啦，我也能跳啦！感觉自己就要因为跳舞重生啦！"

那是一种类似原始人或野蛮人，抑或是某种蜘蛛或小鸟吸引雌性的舞蹈。

星枝若有所思地聆听着伴随南条的舞步越来越近、越来越高亢的音乐。

南条转过身来：

"老话说，别人跳舞，你也要跳啊。"

"你还在装跛子，不肯丢掉这根骗人的拐。"

星枝的语声轻柔地颤动着。

南条动作敏捷地冲过来，抓起星枝的右手，催道：

"只要有活的拐杖，就行啦。"

星枝仿佛被人乘虚而入，听任南条用力地拉起自己，却忘了松开手上的白桦枝。

枝条从树干上撕裂了。

星枝一时失去支撑，咚的一下撞到了南条的胸口。

"讨厌！讨厌！"

她作势要拿树枝打南条，却没能举起长长的树枝。

南条也因为惯性踉跄了一下。

他拄着拐杖，停了下来：

"要靠温暖的人肉拐杖跳舞。这玩意嘛！"

他说着，使出全身力气，高高抛掉了那根手杖。

就这样，他邀请星枝跳舞。

星枝正诧异地被拐杖的去向吸引了视线，此刻却忽然现出一丝本没有可能的娇羞。

她自己仿佛未曾留意到那缕娇羞，紧接着脸上却蓦地染上了红晕。

为了手把手教她，南条缓缓地跳着舞步。

星枝一面无力地抗拒，一面随着节奏跳了起来。终于，眼见两人的肢体传递起热情的暖流，南条加快了舞步：

"站起来啦！你瞧，我的腿能直立啦！就是这样。"

他叫着，不肯松开星枝的手，围着她像火焰的旋涡般旋转着。旋即，又一下抱起星枝。

接着，朝林中狂奔而去。

他轻轻地抱着星枝，腿没有跛。看上去，也像是舞步的延续。

成群的小鸟像被临近黄昏时分的风追逐般，飞过院落来。

两人的鞋子和南条的外衣丢在了一旁，应当是边跳舞边脱下的。在那上面，树林长长的影子正随着吹拂的清风摇曳。

一匹小马沿着山路走下来，应当是去马市。

马主骑着母马。小马身上未拴任何东西，正跟在后面一步步悠然走着，一派天真烂漫。

三四个村民身背着细细的青竹捆，走了过去。

一侧的小山建成游乐场的样式，飘来山上玩耍的男女小学生唱童谣的歌声。听上去，约有上百人在合唱。

南条一早便坐在小山脚下溪流的岸上，心神不宁地频频回头朝路上观望。他越过近处的群山，望向对面山峦涌起的夏日云朵。

星枝和父亲肩并肩走了下来。

父亲抬眼望着传来童谣声的小山，说：

"已经有孩子来啦！"

见星枝父亲和她在一起，南条把身子缩进了淡淡的树荫。

阳光强烈也是种不安，星枝看上去对周遭很是留意，她眼尖地认出了南条，不由得试图加快步子走过去。

父亲正望向与溪谷相反的山峦，不曾留意。

"那群人，是来租胜见家房子的，都是东京的病患儿童。一想到胜见那间蚕种作坊成了孩子们的旅店，真有些唏嘘。"

星枝则心不在焉。

"不过，总好过留着大茧仓当蜘蛛窝吧。没准儿还符合胜见的性格呢，也不错。胜见有句口头禅，说要把未来的人才培养好，代替未来的蚕宝宝，服务社会，奉献国家。他是免费租给他们的。就连丧事也是一样。之前，我也跟你说过了吧，他可是蚕种行业最厉害的人物，还获过总裁两万日元的奖金。像这样一个不光在地方上，就连中央蚕丝工会里都举足轻重的人物办丧事，按说也太寒酸了些。尽管他本人声称自己只是个田间地头的村民，但简朴也要有个度嘛。毕竟，东京也有不少蚕丝界名人赶来吊唁的。身为朋友，我真有些汗颜，可那毕竟是他的遗言，说丧事费用都要捐给村里。他事事都是这样的做法。"

"是吗？"

"近来好像很流行病患儿童这个说法。"

"嗯。"

"之前，胜见家里每年也有学生来。不过，都是蚕丝专门学校的学生，来实习的。要说为了研究蚕种周游世界的怪人，也只有胜见了吧。他名望高嘛，所以大家多次要选他当什么县议会啦众议院的议员。他却说，养蚕太忙啦，没有那工夫，做这种研究才对国家更有用。他一辈子都跟蚕宝宝生活在一起，没见过比他更让人钦佩的人啦。不带一点儿私欲，全凭喜好。"

绕过小山脚，走着走着，胜见家渐渐出现在二人眼前。首先映入眼帘的，便是有着白墙的蚕种作坊。

从河岸开始砌着漂亮的石崖，那栋高耸在石崖之上，乍看还以为是城堡的房子，正是二层茧仓。两扇窗四敞大开，好像将白墙拦腰斩断。里面似乎有纸拉门。

住宅建筑从茧仓边上呈直角拐弯，是栋样式古旧的平房，反而茧仓要气派得多。

"那里面的标本啦，研究书啦，现在都没用啦。所以，我打算建议他们捐给专门学校或是蚕丝会馆。"

"您怎么不培养蚕种啦？"

"因为胜见死了吧，他儿子又是那个样子。要保护胜见家蚕种的信誉，就连蚕卵也不是那么简单的哟。得不断进行新的研究，可不能在改良竞争上输啦。与其培育出有损胜见名誉的蚕种，还不如彻底不做，这样对那些没钱的蚕种行也更有利些。这也算是他老婆的想法吧。"

"能对那些小蚕种行有利，那可太好啦！"

"傻瓜。重要的，还是培育出优良的蚕种，蚕的品质上佳。要是你也像病患儿童一样说些小家子气的话，还不如练手枪算啦。"

"练手枪？"

星枝啜嚅道。她的声音小得像要想起噩梦。

"练手枪。昨天打得很快活嘛。在这样的天空底下，山里的空气声音可不一样。今年冬天，带你去打猎吧。"

父亲说着，仰望向响晴的天空。

"再说，女人家要雇佣那么多人手，也吃够苦头了吧。人家可是有遗产呢。现金可以算清有多少，股票应当也跟当地有关系，可说到山林有多少，就难说清啦。"

"回去是不是要练枪啊？"

"要瞒着你妈妈哟。这间茧仓说不定还能起死回生呢。之前在这里干活的工匠，说是工匠，其实就是胜见的工作助手嘛，都是这方面很有经验的人。他们说要重振胜见的蚕种，才来找我商量。果然是胜见的徒弟，研究起来倒是有热情，自己开蚕种行做生意就不在行啦。"

"所以，由爸爸你来做？"

"也不算做生意嘛。我还得劝劝他老婆，再开家小公司什么的，让经营成形。"

"这事跟那事有关系吗？"

"那事？你的亲事？说什么傻话。还这么小家子气地怀疑，你就是个病患儿童嘛。只不过，胜见家的儿子喜欢你嘛，可怜见的。他又不是个傻子。"

两人来到胜见家门前。

偌大的庭院内矗立着古木，透着悠远的时代气息，带着大户人家的风范，一派幽静。

远看不算华美，走到门前近看，这宅子也算古雅有格调，恍惚带着一份幽暗的气质。

一块写着"胜见蚕种作坊"的大招牌挂在茧仓的白墙上，一如既往。

父亲停下脚步，说：

"顺道进去看一眼过去的老房子再走吧？搭下一班巴士就行啦。反正，傍晚前到那边就可以嘛。"

星枝轻轻摇了摇头。接着，她看着父亲的脸：

"我想请你帮我回绝掉那事。"

"嗯……"

父亲看了眼星枝，一副"回头见"的架势，走进了胜见家门。

星枝不经意地抬眼望了望茧仓，之后便快步走了起来。

下了坡，就是温泉浴场了。

躲躲藏藏跟在身后的南条眼见只剩下星枝一人,便飞一般加快了脚步。今天的他依然拄着松木拐,因而,走路有些一跳一跳的。

来到大汤温泉跟前,南条高声叫着:

"星枝,等等我!星枝!"

这里是村落的公共浴场,是处寺院风格的建筑。为了使蒸汽散发出去,屋顶开着格子窗,上面还加了小小的顶篷。

村里那些正在近旁树丛阴凉处玩耍的顽童听见南条的声音,一齐扭头看了过来。

星枝缩成一团,一下子闭上眼,又睁开冷冷的双眼:

"又是松木拐?"

"你没发现,我是跟在你身后来的吗?"

南条一面喘着气,一面快活地说。

"知道呀。"

"我在报上看见竹内老师要来,心想,你一定也会来赶这场集市的。我打上午就在游乐场底下等着你经过呢。我想见你父亲一面,求求他。可又怕太过突然,所以想问清你的心意。"

"你求我父亲什么事呢?"

"什么事?在此之前,我得先让你清楚"我就是我"这件事。就连这根松木拐，也是一样的。你从一开始就说，我用它是为了赶时髦。可让我甩开这根拐杖，第一次用自己的腿站起来的，也是你。我要感谢这根爱的魔法拐杖。"

"是恶魔拐杖！"

"它是法国造的。从法国到美国，它一路跟着我回来。虽说觉得很亲切，可它被温暖的人肉拐杖代替了，终究还是要分开。要是昨天没看见你跳舞，这根拐说不定一辈子都要纠缠着我。"

"那是个神话。"

"神话？"

"嗯，希腊神话的舞蹈。"

"啊，是啊。当初，其实是希腊少女的舞蹈。因为舞蹈，我应当又死而复生啦。恢复了希腊舞蹈的精神，使舞蹈焕然一新啦。"

"我可不是希腊少女。我是说那种舞蹈是神话来着。请你把我当成可怜的疯子吧。"

"什么话？"

"那才是跳舞。昨天我也说了，我已经不再跳啦。我很怕。那就是舞蹈？当真能让人清醒镇定。我只想平凡点儿。这辈子都不会再跳舞啦，请你忍忍吧。"

"你说这话,真是个胆小鬼。"

"南条先生,你今天不是也拄了松木拐吗?"

说着,星枝逃也似的钻进候车室。可是,察觉到南条的脸色,显然要来一起坐车,她又猛地钻出,冲向了小径。

南条毫不在意星枝这些举动,纠缠而来。

河岸上是洁白的石子。温泉旅馆要么窗子开向那里,要么院落伸向那里。

河流两岸的小山低矮重叠。极目望向河流下游时,星枝察觉到背上的冷汗。

"你老说松木拐、松木拐,可我想说的,就是它。明白吗?你觉得,能让我突然抛掉这根从法国一路带回来的松木拐,那样跳起舞步的,究竟是什么呢?是奇迹的瞬间……"

"我可讨厌奇迹。"

"这是怯懦。奇迹绝不是鬼神的妖术,它是生命之火熊熊燃烧的证明。你是个只要跳起舞,就会十分投入的人,幸运得简直让人叹息。"

"我就讨厌这一点。"

"星枝小姐,你还是跟昨天一样,抗拒自己的天分啊!"

"是呀!不可能跟昨天不一样嘛。"

南条诧异地望着星枝道:

"还说这种小家子气的谎话,只要跳上一曲,你就会像做梦一样忘得一干二净啦。"

"什么谎话?"

"当然是谎话啦。星枝,除了跳舞,你都在说谎。你就是这种人。不要取笑我的松木拐。就连你,也故意拄着自己的年轻当作松木拐,给内心缠上绷带,这样逞强——就是时髦。我不在国内期间,日本的女孩子都成这样了吗?"

"嗯,我才是这样想的呢。你老是说些自我的话,也不知是不是因为在国外待久了,我一点儿也听不懂。"

"我想说的话,昨天已经用舞蹈完美地传递了。舞蹈家只能通过舞蹈对话。语言之类的东西,统统是阻碍。别看你嘴上说着不跳了,不跳了,你我虽然都这么说,可我俩都是没有舞蹈就活不下去的人。你不觉得,这就是最好的证明吗?"

"那是神话。根本没什么责任。"

"我很清楚,你想说,你不爱我。可是,星枝,提起爱别人这事,有那么懊恼吗?"

"你误会啦!"

"我想说得更真诚些。首先第一步,我应该先道歉。可我实在太惊喜了,然而我做梦都没想到,又被人推到地底下去了。这种事我真不敢相信。是你误会了我。不说别的，就说这根松木拐吧，你说你父亲是做生丝贸易的，而且家在横滨。你要是也懂外汇行情的话，我想你也能同情我，拄这根松木拐。这五年来，我在西洋过着怎样悲惨的生活，我想，你应当想象得到。用我刚刚回国这张漂亮的招牌站在台上看看，一定会有人嘲笑说，你看那个叫花子，那个丢脸的日本人。我在国外时，那些日本人都嫌弃我。用这根拐杖模仿起叫花子来，可方便极啦！"

南条用松木拐敲着脚边：

"可那绝不是赶时髦。我在国外吃得不好，身体又弱。再加上寒气和湿气，室内也没法暖和起来。虽说只是什么神经痛、风湿病，但严重起来，膝盖还会瑟瑟发抖，甚至倒地不起，痛到骨头都变形了。好不容易才学会拄松木拐走路，可拄这玩意儿也不能跳舞啊。一想到这一点，我的身心都日渐颓废了。要是让大使馆把我遣送回来，不知得有多么屈辱。除了等待，我别无他法。这也不是看看医生就能马上治好的病。国外的温泉可是奢侈至极的地方。于是，我就自己注射麻药，只是为了麻痹疼痛。结果却中了毒，脑子也不好了。我的灵魂都腐烂了——这就是我的留洋生活。直到昨天看见你跳舞之前，我就是个活死人。"

河岸的路不知何时变成了坡道。沿坡道上去，来到正街。那里有些散发着臭气的夏花在绽放。天气炎热得连雪白的蝴蝶飞舞都显得格外耀眼。

南条停下脚步，擦着汗。

"我希望，你也能理解我当时躲在船舱里的心情。那个时候，我没有一刻能离了拐杖走路。我拄着松木拐，拄着这根作为自己已是个废人的象征，踏上了日本的土地。与其说我没脸见竹内老师，倒不如说，我只是不想走进码头上欢迎我的世人当中。我打算隐姓埋名地活下去。再说，我对日本人跳西洋舞，也抱有微微的怀疑。"

"这样一个左右为难的人，居然要绕道美国回来，真是可笑。"

"啊？那是因为那个夫人。她可是我的恩人。是她把我送回日本的。"

这时，刚好开来一辆巴士，南条的话戛然而止。

星枝猛地挥手，拦住了巴士。她瞥了一眼南条，仿佛冷漠地拒绝了他，接着便一副再见了的架势，转身上了车。

南条当然也连忙跟着上了车。

星枝的脸一下子飞了红。不知为何，连粉颈都变得通红起来。一丝害羞使她坐立难安。她忐忑地低下头，突然喊了一声：

"停车！"

她立刻不顾一切地冲下了巴士。

由于太过突然，南条似乎错过了站起来的时机。

星枝仍是一副冲下车的姿势猛地停下，不曾留意额上已沁满了汗珠。她眼望着巴士身后的白烟，压抑着胸口的心跳。巴士的身影一消失在山阴处，她便意识到脚已经麻了，啪的一声倒在路边的草丛里。

接着，抽泣起来。

原野上的草丛被日光晒得发烫，看不见过往的行人。

铃子仍然带着台上跳舞的余韵，身姿轻盈地跑回后台来，这是她的老习惯了。在梳妆台跟前，她忽然发现星枝正呆呆地坐在那里，不禁喜出望外，简直像是做梦。

"呀，星枝，你怎么啦？好开心啊！"

她说着，从身后抓住星枝的肩，滑下去一般坐了下来，星枝恰好卡在铃子的两腿间。

铃子的装扮十分可爱，仿佛魔法森林里的吹笛少年。

这少女张开可爱的双脚，一副大姐姐的架势，晃着星枝：

"你是特意跑来的，这么远的路？真想你啊！让人吓一跳。好讨厌，自己还一脸的若无其事嘛。"

星枝啪地闭上眼。

铃子有些忐忑道：

"怎么啦？抱歉！你跑到这种地方来，是有什么话要说吗？"

"不，铃子，听见你的声音，我心情就好啦！"

"哎呀，讨厌啦！话说回来，真是好久不见。老师也会吓一跳的吧。你信也不回一封，就用望远镜看港口来着？"

"我打过电话，可是没打通。"

"电话？是吗？早就没有啦。"

"电话没有啦？"

"这事回头再说吧。"

星枝睁开眼，环视着屋子。

"这后台好脏啊！"

"不行！人家会听见的。在乡下，这样还算是好的啦。后台嘛，怎样都无所谓啦。舞台糟的地方才让人痛苦呢。像什么公会堂啦，学校啦，造得都没法跳舞，也没法打照明灯。有时，真的很惨。可老师也一起来了哟，绝不是什么低俗的事，绝不会降低跳舞的水准。不觉得这舞服带着汗臭吗？我们已经出来二十天啦！老师也真不容易，就因为你说讨厌参加宣传浴衣的巡演,他没办法才来的。"

"哦?"

"一天天热起来啦!梅雨季嘛。"

"好烦哪。"

"只要跳起舞来,就不烦啦。"

铃子离开星枝,站起身来:

"你跟老师说一声家里不答应吧。老师也会觉得,你这么个千金大小姐,家里不会答应你去巡演的。"

舞台方向传来了钢琴的声音。

铃子一副"就是竹内老师那支舞"的眼神,看了一眼星枝。接着,手脚麻利地把下一支舞的服装备好在那里。看来,是竹内和铃子的双人舞。

"全是些让你怀念的舞服吧?"

"嗯。"

"星枝,你脸色是不是有点差?是不是舟车劳顿啊?你只是想见见我们,才来玩的?我一个劲儿地高兴合适不?"

"我是前两天跟父亲一起到这儿来的。"

"哎呀,这是来避暑啦?"

"应当是来谈生意吧。"

"哦?这里是养蚕之乡嘛。那我就放心啦。我还想,跟着我们跑到这种地方来，可不像你的做派，还觉得奇怪呢。"

铃子笑着，回到梳妆台旁。

"退后一点儿，我要化妆啦。"

"嗯。"

星枝点了点头。铃子的脸蛋映入镜中，眼看就要跟自己的脸蛋重合在一起，她忽然有些胆怯，哆嗦了一下。

铃子有些讶异：

"你是怎么啦？突然就不跳舞了，身体不好啦？真奇怪！"

"不，因为要跟那些化了舞台妆的脸蛋并排在一起。那样子感觉不到看见你了，我可不喜欢。"

"是吗？"

"你化妆吧！"

"你这人，真拿你没办法。我可忙着呢！"

铃子说着，胡乱地扑了香粉，上了胭脂。

星枝像个人偶似的紧紧闭上眼，一动不动。

"太热啦！随便这样弄一下就行了吧。"

铃子扭过头，从旁望着星枝的脸蛋：

"你这张脸蛋，看起来既适合淡妆，又适合浓妆，真是张奇怪的脸。对了，对了，跳《花之圆舞曲》的时候，你说过

'我会是寂寞的表情'。星枝,你还记得吗?"

"忘啦。"

"你这人,可真健忘!"

铃子描着眉,星枝脸上滑下一滴泪来。

"哎呀!"

铃子不由得停下手,却又一下子压抑住自己的意外,若无其事地微微一笑,帮她擦起了眼泪。

"这是什么?给我吧。"

星枝仿佛一张美丽的面具,仍闭着眼。

"铃子,你爱南条吗?"

"嗯,爱呀。"

铃子快活地答。

"那又怎么啦?"

"你说清楚啦?"

"说清楚啦。"

"哦?"

"可能我从小就一直想着他吧。可我真有点儿怀疑,自己是不是那么纯情。只不过,我把所谓爱都想成意志啦。不管南条是坏人也好,残疾也罢,都无所谓。他在国外学来的东西,我都想学会。他有的东西,我都想拥有。就像遭人背叛之后的报复一样吧。可是，对他就需要这种爱的意志。不管要做什么，我都想跟南条一起跳舞。能跟喜欢的人尽情跳舞，死了也甘心。"

铃子用力地说着。不知何时，她把星枝从化妆台前向后推开，飞快地化起下支舞的妆来。

"我反复想过。乍一听好像是一种带着功利的爱，可并不是那样的。就是爱的意志。感情那东西已经让人信不过啦。我觉得，如今这世间就是这样啦。越是有才华的人，感情上越脆弱。我想，恋爱也是，只要始终坚持自己的意志，失败了也不会变成悲剧，可以站得笔直地超越悲剧。我不想后悔，只想毫无遗憾地活下去。"

星枝放空地听着。

"为了学跳舞，哪怕把自己卖掉也无所谓。就是不想太贫寒。要是以前，我可真的不行。"

"跳舞那玩意，哪里有那么好啊？"

星枝像个顽童似的说。

"要说哪里好嘛，我的目的就是，我这个人活着。"

"你这是谎话。"

"那，什么是真话呢？星枝，你觉得什么是真话呢？"

星枝满不在乎地说：

"安静一会儿吧,你太吵啦!"

铃子气呼呼地瞪着星枝,却又仿佛从自己的梦中醒来似的说:

"可我又没问你爱不爱南条呀,星枝。"

她笑了。那份笑容却在不经意间僵了起来。

"奇怪,你突然说出这种话来。怎么啦?"

接着,铃子像是在琢磨星枝似的,盯着她。

星枝意识到她的视线,立刻以驳斥的口吻说:

"南条可不是跛子。"

"呀?"

"他能跳!"

"你见到他啦,星枝?是有什么事吧?是吧?那我就知道啦。"

"什么也没有啊。"

"用不着瞒啦。听你这么一说,我感觉早就知道啦。"

铃子静静地说。

这时,竹内进来了。

"啊?你怎么来这种地方啦?好久不见。"

他在一旁的梳妆台跟前坐下,皱着眉,边脱去舞服边说:

"好热啊!"

铃子拧了毛巾过来,帮竹内擦拭身体。她的手在抖。

"老师。"

"怎么啦?"

"她说南条不是跛子,说他能跳。"

铃子捏住竹内背上的肉,像要揪起来似的,把脸埋在他肩上,抽泣着。

"别哭啦,等一下。"

说着,竹内推开铃子,突然站了起来。

因为,他看见南条呆呆地立在后台门口。

南条正拄着松木拐,垂着头。那架势看上去要是没了松木拐的支撑,眼看就要沮丧到倒下去了。

"老师,我是来道歉的。"

"什么?"

竹内正要在一股怒意驱使下冲过去,不料星枝却像挡住去路似的,站到他的面前。

"老师,对不起。"

"滚开!你这家伙。"

竹内冲过去,立刻打起南条。

"混账!这副鬼模样,算什么呢?"

南条不由自主地举起松木拐,像是要护住身体。

"干吗?你举这个要做什么?"

铃子一只手依然抓住竹内,默默地看着。

星枝再次插到两人中间。

"老师,算啦!这根松木拐,可是时髦得很哪。"

她语带讥讽地安慰着竹内。

不知想起了什么,南条的脸色大变。

"浑蛋!"

他挥起松木拐,正打在星枝肩上。星枝倒向竹内的胸口。

由于这份重量,竹内朝后方倒去,踩空楼梯,仰面摔落了下去。

舞台上,一同参演的女歌手正唱着快乐的流行歌。

竹内被抬到医院。因为后脑勺严重摔伤,右肘也伤得动不了了。

南条作为竹内的代演,参加了巡演。

当天深夜,才离开集市。

从医院匆匆赶往车站的车上,三人默默无语。正要走进检票口前,铃子一把夺过南条手上的松木拐。

"你抓着我吧!"

说着,她把肩凑过去。

接着,她把拐杖递给星枝:

"这东西，还是丢掉吧。再说，也危险。"

"嗯。"

星枝点了点头。

接着，星枝火速赶回医院，看护竹内去了。

花儿日记

一　姐姐出嫁

一株株树上枝丫发出的光,已和冬日里大不一样了。院落之外,晴空碧蓝如洗,竟使人恍惚以为,这里正与大海相邻。

不觉间,那"仿佛即将带来幸福的春天"已来临。

然而,这春天却弄反了。

"总觉得它要把幸福从我身边抢走……"

直美把院内的椅子挪到梅树底下,呆呆地坐在椅子上,像是要避开家中热闹的气氛。

自打年尾时分姐姐订婚以来,她忽然讨厌起姐姐了。

姐姐既难过又失落,不住地安慰着直美。可这样一来,直美更觉得姐姐虚伪了,因而耍起小脾气,始终不肯回心转意。

今天,正是直美最最担心的姐姐出嫁之日——这一天,终于来了。

按说有个新姐夫,倒也不该不开心。只不过,更重要的是，自己失去了姐姐。她不再只是自己的，这份伤心反而放大了许多倍。

梅花已开了大半。

就在院子的东角。或许因向阳的缘故，总是赶在节日之前绽放。

"阿美！阿美！"

英子趿拉着院内的木屐跑出来，头上还像贵重的易碎品似的直耸着文金高岛田式①发髻。

"你怎么就不懂呢？"

"我懂呀……"

"哦？那就好……哎，这回可轮到你啦！山井正等着呢！"

"……我又不要嫁人，才用不着什么打扮呢！"

"哟，还在耍小脾气嘛……"

直美终于按捺不住一直憋着的伤心和微微的怒气了，顾不上面子，猛地哭着钻进英子的袖口。

英子静静地搂住她的肩，

"对不起啦！哎，咱俩和好吧！你就让我出嫁嘛！我一辈

---

① 日式传统婚礼上新娘多采用的一种发型。

子都是阿美的姐姐,绝不会是别人的姐姐哟。"

"我不信,我不信!"

"是呀,我嫁到新家去,也有个妹妹要喊我姐姐(即嫂子)啦,可那只是个称呼嘛!——只有咱俩才是同吃咱们亲爱的妈妈的奶长大的,咱俩才是世间谁都不能取代的亲生姐妹,不是吗?我怎么可能看见阿美难过,还不当回事?"

"那你不嫁人,不就最好啦?"

"所以说,阿美还是没懂嘛。"

"换作我是姐姐,这种时候绝不会嫁到别人家里去!"

英子无可奈何地望着直美:

"不是都跟你讲过了吗?等我走了,过一阵新妈妈就来啦。听说,那可是个很好的妈妈哟!"

"我才不要什么新妈妈呢!"

"还说这种话呀?阿美到时候一定会喜欢新妈妈的,都会把我忘了哟。"

"为啥姐姐在,新妈妈就不能来呢?"

"……"

英子垂下沉甸甸的高岛田发髻,笑而不答了。

发油的气味格外强烈。婚礼的浓妆早已化好,唯有领口处雪白得近乎透明。

总觉得，让这样美丽温柔、体贴入微的姐姐嫁到别人家去，实在是太亏了。

尽管如此，或许还是在姐姐的安慰之下，直美总算多云转晴了。她冷不防做了个鬼脸，

"姐姐，你来个九十度鞠躬吧！"

"冲你？"

"嗯。"

"那样就原谅我啦？"

"不，反正今天你也要鞠一整天躬嘛。就当练习啦，我帮你看看鞠得好不好。"

英子怜惜地想着，也唯有今天做这样一场幼稚的游戏了：

"好啊！来吧……"

"九十度鞠躬！"

直美模仿学校里举行仪式时教导主任发号施令的样子，装模作样地发出喊声。

英子垂下光可鉴人的头，身子弯至两截，毕恭毕敬地鞠起躬来。

那雕有家徽纹样的扁银发簪，在阳光下闪闪发亮。

"向前看！"

直美虽说喊得神气十足，语尾却在微微打战。她莫名地感

觉姐姐有些可怜,自己也有些伤感……

英子抬起憋得通红的脸蛋。

"啊,好重!照这样下去,头都抬不起来啦!"

"对吧?我就觉得会这样,才整姐姐一下的!"

"呀,也太过分啦。"

"因为姐姐太装腔作势了嘛。我想着,要是你出嫁了,就彻底是外人啦!"

"两位小姐怎么啦?来帮忙的师傅一直等着哪!"

阿松用刺耳的声音嚷着。语声似乎因忙得不可开交而显得异常尖厉。

姐妹俩对视了一眼,吃吃地笑着,走进了屋里。

里屋的檐廊上立着穿衣镜,发廊的人正忙着热毛巾。

客厅的衣架上挂着一排华丽的衣裳,衣箱里也摆着内衣、胶底布袜、细腰带、伊达腰带①,还有裤带、腰带衬垫等,诸如此类。真可谓从头到脚,清一色簇新的衣物,应有尽有。

梳妆台前,一柄华丽的雕花梳钗摆在箱内——唯有这一样物品,是姐妹俩过世的母亲年轻时戴过的遗物。

---

①系在女式和服宽腰带底下一种幅面较窄的腰带。

"当年妈妈把它插在头上出嫁,如今我要把它戴在身上……"

上面仿佛藏着这样熟悉的回忆、出嫁之日的深深感怀……

不得不抛下生养自己的娘家,转身成为另一户新家里的成员,对女人这一宿命,与其说该给予祝福,谁又能不视作一种果敢?

女人有第二次新生——这一点,男人并没有。可以说,它既是莫大的欢喜,又是莫大的悲哀。

"好啦,咱们先来给小妹妹做吧?"

身穿白色工作服的山井一面等着助手磨完剃刀,一面叫直美坐到镜前。

英子坐在后面的椅子上,兴致勃勃地望着镜子里的妹妹。

"哟,这头发可真黑……马上就让你变成像姐姐一样美的新娘吧?嗯……是只把两侧烫卷呢?还是后面也要卷呢?"

山井扭头望向英子,一副半商量的语气开口道。

"是呀!阿美,你喜欢哪种呢?"

"哪种都行。起码要做得好看一点!"

"哎哟,明明这么爱美,刚才还说什么我才不要嫁人呢,无所谓啦,害得人家左右为难……"

只不过,山井长年周旋于各户人家,对这样的场面早已司空见惯，于是打起了圆场：

"前两天，有户人家也是嘛。那家的妹妹要说比日式传统美呢，肯定比不过姐姐。于是，我说干脆用现代风格吧。帮她烫了卷发，配上袒胸装，结果美得耀眼……听说，妹妹也在姐姐的婚宴上订婚啦！年轻的小姑娘们，真不知将来的幸福在哪里等着呢……打扮总是很重要的嘛！"

美发师一面称职地做着宣传，一面若无其事地把烫发钳夹到直美头上。

"呀，阿美也长大些啦！这样穿起振袖[①]来，看着也很高挑嘛。"

"那我来替姐姐出嫁吧？"

"要是能替就好啦！"

"还说这种话呀？明明每回三越[②]一来卖货姐姐都兴高采烈的，不是忙着把花布披在肩上比量，就是忙着把腰带摊开来左看右看，开心得要死嘛。"

英子的脸唰的一下红了。

"女人嘛！好看的衣裳，什么时候见到都开心呀。"

[①]一种年轻女性穿着的长袖和服礼服，用于隆重场合。
[②]百货商店的名称。

"我穿的全是姐姐的旧衣裳,讨厌死啦!"

"哟,那可太欺负人啦!"

山井一面娴熟地刮着直美后脖颈上的碎发,一面说:

"多吵两句吧!一时半会儿都不会再有啦!"

听见这话,直美不禁想到今后姐姐不在的日子,忽然百无聊赖起来。

镜子里,两人的视线交会在一起,谁都不再露出微笑了。

沐浴着早春午后紫色的阳光,汽车驶向了婚礼现场。

英子在最前面的汽车上被媒人簇拥着,能看见雪白的衣领和漂亮的发型。

直美和父亲还有前来帮忙的伯母夫妇,一道坐在随后的车上。直美紧盯着姐姐的身影,却无法从那份"失去"的心情中解脱出来。

刚才,父亲还对一身新娘装扮的姐姐说:

"英子,跟你母亲好好道个别吧!今后绝不许你再回到这个家来。一定要在心里牢牢记住,除了濑木家,你再没有别的家了哟。"

听见这话,姐姐潸然落下泪来。

父亲定定地看着,默默地把手巾递了过去。

姐姐也默默地拿手巾捂住化了妆的脸颊，在佛坛前久久地祭拜。

这一幕迟迟不肯从眼前消失，直美一面在心中反复回味，一面在街上奔跑着。

之后，不论是当天晚上……还是第二天，姐姐都不再回来了。

不会再回到这个多年来两人吵完架又和好如初、朝夕相处的房间来了。

有几天，在这个突然感觉异常空旷的屋子里，直美很想哭。

最先令她感到棘手的，是学校的作业。

今天因为作业刚好留了自己不拿手的英语作文，回家的路上，直美格外心虚。

直美把校服换成了夹克，无可奈何地坐到桌前啃起功课来。

"直美！直——美——！"院门口似乎有人在喊她。

"唉——谁呀？"

趁这个机会，直美赶紧起身走了出去。

"呀，是久里呀！欢迎欢迎！太好啦！"

这个面带微笑的快活少女，名叫久里清子，是隔壁家的女儿。

她比直美个子略高一些，看似大了一岁，其实两人同年。

直美上的是公立女校，清子上的是私立女校。两人虽说学校不同，但都是一样兴奋地期待着今年4月升入二年级。并且，两人还是无话不谈的好友。

"唉，自打姐姐走了以后，最让人头痛的，还是外语课和针线课呀。"

"哟，真可怜！之前你太依赖姐姐啦，简直就像雇了个家教嘛。这下老天惩罚，你就吃点苦头吧！"

清子一面一本正经地开着玩笑，一面冲朝阳的檐廊伸出脚去。

"呀，这是什么呀？长得这么茂密，像胡萝卜叶似的。"

她指着檐廊垫脚石跟前胡乱丢弃的绿植问。

"你不知道？过年期间，这玩意可受宠来着！"

"开过花啦？"

"对。一旦开过花，爸爸就不客气啦，总是丢到这里来。阿松也假装不知情，每天一早都要把垃圾扫过来……要是姐姐在，这些花草也不至于落到这个田地啦。"

"就是，英子是个多好的人呀！"

清子似乎也在回想英子的模样。

"在我们学校里,她也是人人夸。你姐姐不是做过同学会的干事吗?经常要去找老师们请教。这些学妹没事就跑到接待室旁转悠,都想瞄一眼这个漂亮的学姐——可受欢迎啦!"

"说起姐姐,自打上回从旅行的地方寄了张简短的明信片来,就……而且,人家已经不叫森英子啦,上面落款明晃晃地写着濑木英子,气死人啦!"

"讨厌。你是说她名字真的改啦?改成濑木英子啦?话说回来,这个姓感觉还不错嘛。要是嫁到姓什么熊泽、穴山的人家去,我可要代表母校坚决反对啦!"

两人正漫无边际地瞎聊着,这时,时钟敲响了三点的钟声。

"哎呀!你进来,看一下我的英语作文。"

直美拉起清子的手,钻进了书房。

"有什么问题吗?"

"不,是自由命题作文。刚才我还贪心地想,作首春天的诗吧。"

"诗?英文的?"

清子吓了一跳。

"那更难吧?……什么鸟语花香啦,小溪流淌之类的,不行吗?"

"就算英文比不上你们教会学校,也用不着这么可怜人吧?"

清子有些滑稽地笑了,高声唱起英文歌来。

直美哗啦啦翻着笔记本,拼命地涂涂写写:"怎么样?……这样没错了吧?"

直美的诗,是这样的:

浅春
午后,海滩上卷来樱花贝①,
比花鸟更透着春天的气息。
春天无处不在。
然而,
假若我不营造
这颗感受春天的心灵,
它便无处存在。

对刚上二年级的直美来说,要把这首诗译成英文,就算手不离日英词典,也得费九牛二虎之力。

---

①即樱蛤。

"哇，写得真棒！"

清子有些吃惊，一面出声朗读，一面说：

"这是受了你姐姐的影响吧？"

直美表情一本正经道：

"清子……对不起。其实，这是我姐姐留下的日记里的一段话。"

清子骨碌碌转动着大大的双眼："我觉得，这也太新潮啦！英子的日记，应当很好看吧？"

"我打算考完试放了假再慢慢看。到时候，也拿给你一起看呀。"

"可是，随便看人家的日记好吗？"

"这可是姐姐留给我的，她叫我看的呀。"

"日记呢，我也爱看！近来大人物都喜欢做成书出版呢，我看过广告。"

"听说，姐姐爱看樋口一叶的日记。"

"英子要比一叶离我们更近吧？日记嘛，还是自己熟悉的人最好啦。好期待能读到当事人想了些什么，做了些什么呀。"

"那你等等，等到四月，我先整理一下。"

"要不要拿彩带穿起来，做成一本漂亮的书呀？"

"是呀,不要老让我想那些太美的事啦。还不如想想办法,帮我完成明天的英语作文呢。"

之后,两人对坐在桌旁,苦思冥想,做起春天的文章来。

枝叶繁茂的福寿草独留在斜阳渐稀的院内,仿佛空叹着大好的春光。

期末考试的痛就像伤疤一样,一旦过了,也就忘了。之后,便是散学式,准备升入新学年了。校园里仿佛弥漫着闲适的花香。

那些性急又有着高年级姐妹的学生早已拿到高一级的教科书,熟练地读起二年级的国语了。偏偏是这些同学,一旦到了新学期,心理上反而失掉该有的紧张,虽说先下了手,成绩却不佳。

这样看来,所谓的"热爱新鲜事物",未必是太好的事。

直美的学校与教会学校不同,正因属于公立学校,作为主科的国语课也相当难。

所有的校规一律异常严格,校风也以朴实、勤勉为宗旨。与教会学校相比,那些"姐妹"或同性密友的交往也不算张扬。

就连校内的书信来往都是秘密进行的。表面看似连姐妹

（sister）一词的s都不懂，实际倒是相当流行。

因而，这里有种不大气的感觉。才女虽多，却少了教会学校里那份充满故事的明媚。

与出嫁的姐姐性格多少富于感性相反，直美的个性偏好胜、理性。

选择公立学校，也是直美自身的意愿。若是想进姐姐英子毕业的学校，自然易如反掌。她却特意参加了竞争激烈的七选一考试，以第11名的成绩考入眼下的学校，堪称出色的才女。

就连朋友都是精挑细选的，直美来往密切的圈子里几乎个个是优等生。

上习字课前，安子说：

"森同学，把上回的半纸[①]还给你。文汇堂没有上回跟你借的那种半纸，就拿这种改良半纸凑合一下吧，谢谢啦！"

她说着，还回了五张半纸。

因为上回她忘记带纸来，直美借给她了。

"呀，不用啦！"

"可我说不定回头还要借呢。那么好的半纸，你是在哪儿买的呀？"

[①] 一种八裁日式白纸。

"我也不知道怎么回事,家里有好多呢。可能是姐姐要学,所以买了好多吧。"

"特别好写,墨也渗得刚刚好。那纸的颜色不是有点发黄吗?就算字写得差一点,也一样很漂亮。好喜欢!"

"哦?既然你这么喜欢,跟我换一下好啦。"

"真的?那我留着誊抄用啦。"

"我还有些图要用改良半纸来描呢。这种半纸太厚啦,描不了。"

两人说着,各拿出五张半纸,换了过来。

铃声响起,蓄着胡子、有些微胖的石田老师手持硕大的毛笔,走了进来。

同学们挺喜欢上习字课的。

老师仅拿起红笔在学生课桌间走动了一圈,接着便在讲桌上摊开古文书籍看着。

没什么叽叽喳喳特别的骚动,也少有窃窃私语,是段安稳宁静的时间。

半晌,四处响着研墨的声音。

不爱写字的同学甚至整节课都帮朋友研墨,一个字也不肯写。

那伙热衷风雅的同学则用字帖上没有的、独创的草书写些和歌之类的玩意。

"与谢野晶子女士的长笺，字体纤细漂亮，我好喜欢呀！"

"呀，你有？"

"不是我的，是挂在我妈妈屋里的。和歌是这样说的：

　　白麻睡袍染千鸟，少女淡然穿上身。

讲话的同学只模仿了字体的纤细，字却写得有些笨拙，又拿到两三个同学的书桌上轮流炫耀着。

"哎，直美，你的毛笔是几号的？"

"三号的。"

"那还能写细字？"

"老师总是说'用粗笔''用粗笔'。可我一用粗笔，就写得好差。"

接着，两人互换毛笔，试着写了下。终于，眼看石田老师要走下讲台来了。

"呀，我得写点东西啦……"

那个同学慌忙把写了和歌的纸揉成一团，黑黑地写起字帖上的字来。

老师走到认真写字的直美身边，稍微停下脚步。

"这里不对。要在这里停笔，停笔时不要减力。"

老师一面解释，一面用红笔纠正。

等老师走到下一个座位时，直美正认真地一遍又一遍练习着老师改过的字。

"习字是种精神修养。"

这话虽说是老师的口头禅，但在专心写字时，内心的确可以渐渐平和起来。

"森同学，今天回家时，要不要顺道去一下伊东屋呀？我想买点罗纱纸①。"

"哦，要是一个小时就行，咱俩一道去吧！我也想买点东西呢。"

直美和班上最要好的朋友安子约好了一道去购物。

我要不要也买个封面漂亮的笔记本，像姐姐一样做成美美的日记呢？就当少女时代的纪念……

随时随地把心里所想不加掩饰地写进笔记本里，心情该有多么舒畅！

---

①一种接近毛呢质感的厚绘画纸。

老师的讲话声响起,打破了直美的幻想:

"下面,把上回写的字还给大家。川井同学、森同学、三木同学,来发一下。"

三个写字好的同学,总是按老师的吩咐,负责分发誊抄簿。

直美从一侧依次分发起来。

上习字课的时候,教室里有股寺院般的气息。

不知是谁带来的洋水仙已经盛开,洁白的花瓣卷曲着。

直美走过摆着花瓶的柱子旁,心想,对啦,明天还有我喜欢的历史课呢。拿点新花来送给老师吧。

她一面想着,一面来回分发着誊抄簿。

二　地丁花丛

早晚的报上开始登出踏青的照片兼郊游的花开讯息了,吸引着人们的心思,向着田野、山间、海边……

因为考完试的假期不只是一年假期中最欢乐的季节,也是升学、入学、毕业等少女们生活发生变化的时刻,总使人感觉自己的心也犹如花草发芽般飞快地萌动。

直美学校里的散学式比清子她们教会学校晚了将近十天。一结束,她立刻跑到隔壁清子家里玩。

"呀,你来啦!刚才我到后山采地丁花去啦。"

"开啦?"

"岂止是开啦,有个地方简直像铺了一块地丁花布一样!"

"呀,要不要再去一趟呀?自打期末考试,我还没去过山上呢。"

"那……你等等!"

清子啪嗒啪嗒趿拉着木屐,沿着走廊跑开了。

很快,又提着红色的小篮子回来。

"什么呀?"

"茶点。"

"呀,那我也拿点好东西来吧!"

这回换成直美了。眼看她才跑下去,旋即又拎了一只帆布手提袋奔回来,连运动鞋都换好了:

"我可是全副武装来啦!"

"人家是温柔的地丁花,别把人家吓坏啦!"

南面劈山而成的斜坡上,零零星星盖了些精致的人家,仿佛工艺品一般。经过那里往上爬时,山路被比两人个子还高的茅草遮住,树枝之间相碰的声音也好像山峦发出的微微轰鸣。

"走得太远,有点害怕。"

"哟,原来还是个全副武装又胆小如鼠的直美嘛!"

清子一面打趣着,一面拨开了茅草丛:

"再往上爬一段,有片原野。就在那里一个好像悬崖一样凹下去的地方。"

在那里,杂树嫩叶之间,山茶树上开满了鲜花。树根处凋落着无数大红天鹅绒般的花朵。即使凋落了,花朵的形状也不曾遭到破坏,仿佛从那些杂树枝头和周围的泥土中绽放而出……

直美自言自语似的道:

"山茶可是姐姐最爱的花……"

"白的?红的?粉的?"

"她说,白的虽说优雅,但山茶还是大山里或田野上平平常常开的红花最好。"

"之前就算被人问到最爱什么花,我也说不出来。哪种花都好看,我都爱。不过,既然英子最爱山茶,那我也最爱山茶吧!"

"真赖皮!还学我姐姐。"

"因为英子已经不在你家里了嘛,就让给我好啦!"

"算啦。看在你是清子的分儿上,睁一只眼闭一只眼啦!"

"哎,哎,要是给你姐姐写封信去,说把她让给我,会不会惹她丈夫发火呀?"

"她丈夫?"

直美愣了一下。

"哦,你是说濑木姐夫?讨厌啦,还说什么丈夫!"

"会惹他发火吗?"

"不知道。"

"往豆腐上钉钉子，白费力气，有点像歌留多①卡片上的句子嘛！"

"讨厌啦！你也太……那不让给你啦！"

直美说着，垂下了睫毛，遮住眼神。

继而，她又拾起一朵凋落的山茶。这是一朵春光明媚的白昼之下更显寂寞凋零的红山茶。

清子意识到自己不小心太过兴奋，触动了直美的伤心处，立刻正色道：

"对不起啦！我当真写封信去吧。"

"嗯！"直美衔住山茶花，笛子似的吹了两下之后又道，"不过，要说最爱哪种花，真是太难啦！我这人见异思迁，做不到只爱一种花。总觉得最爱当时看到的花，蔷薇也好，菊花也好，风信子也好，虞美人也好……是呀，特别爱一种花，就是在欣赏那种花的时刻，那样印象才深刻嘛。英子一定有过山茶花的浪漫故事吧。"

"是嘛……"

半晌，两人向平坦的路上走去。那是一片柔软的草地，四处盛开着蒲公英和婆婆纳。

---

①日本传统新年时常玩的纸牌游戏，上面印有和歌。

从路上可以望见下面有块荒田一样的空地。那里有个角落,清一色盛开着紫色的地丁花,仿佛人工种植的一般。

"哇,好漂亮!"

"去年也有这样的地方吗?"

两人砰的一下跳到下面的路上,继而痴迷地摘起地丁花来。

"可就算摘下来带回家去,插进瓶子里,寿命也太短啦。还不如每天到这里来,看看新开的花,那样说不定更开心呢!"

直美忽然停下手,说出这样一句来。

"是呀!直美,还是你的想法好。"清子也表示赞成。

两人松了口气,并肩坐在一起,望向一派姹紫的大地。

"但愿谁都发现不了这里!"

"是呀!要是给谁糟蹋了,那可讨厌啦!"

两人仿佛已经当这里是自家院里的花圃了。

"走的时候,咱们要不要用草叶把花丛遮起来呀?"

"这一大片都要?那可不容易!"

接着,两人放松地唱起歌来:

师恩让人真留恋

入校转眼已数年

　　……

　　此刻终将说再见

正是前两天刚刚在礼堂唱过的歌谣,春光又为这首熟悉的歌谣再添了新愁。

"我总是忘不了这首小学毕业典礼上唱过的歌。"

"这首歌,还有《萤火虫之光》,总觉得不管年纪多大都会想念的,永远忘不掉。"

两人回忆起往事,有如昨日重现,忽然静静地对视着。

沉默了一阵,近旁的丛林里,黄莺开始了歌唱。

"多美的下午呀!闻到地丁花香没?开了那么多呢!"

"是呀……来点巧克力不?还有年糕片呢,过年时家里做的。我烤年糕片很拿手,好笑吧?"

说着,她像想起什么似的,一面笑,一面把篮子搁到直美的膝上,剥开了锡纸。

"你拿的什么?笔记本?"

"讨厌,人家才没那么用功呢!"

"哟,好讨厌。速写本?"

"日——记!"

"日记?"清子有些纳闷。

"呀,知道啦!是英子的?快给我看看!"

"会给你看的。不过呢,有个条件。"

"别太吓人哟!"

"话说,看姐姐的日记时,咱们能不能到这个地方来呀?到这个地丁花盛开的地方……"

"呀,这个主意好!咱们给这地方起个名字吧。"

两人一脸的认真,你一言我一语地说出好多名字来。

"紫野?"

"那会马上联想到大德寺呀!"擅长国语的直美表示反对。

"地丁花小径?"

"这个,也太……"

"花丘?"

"太普通啦!"

"原野小屋?"

"姐姐的座椅?"

"姐姐的座椅?"

"这个名字不好?"

"姐姐的座椅,就摆在这座山上,美丽的鲜花丛中,好棒呀！"

"就这么定啦！咱们也来坐坐'姐姐的座椅'吧！"

（英子日记）

一九二八年

四月×日

今天花开过了，有风。

教室的书桌里，有封陌生的来信。尽管有些害怕，却也莫名地感觉夹杂一丝幸福。我独自悄悄打开了信封。

呀，我们之间还没聊过天，甚至，连信的主人长什么样子都不知道，人家居然把我当成妹妹一样看啦……话说回来，能写出这样美好来信的人，单是这一点，已经让我感觉亲切了。

下课时，从那些聚在宽阔的运动场一角的高年级同学面前跑过，真有点难为情。

我想，那个陌生的姐姐，应当正在什么地方看着我呢。

一整天过得都像在做梦一样。

四月×日

教室里插着樱花,是八重樱。我讨厌那种樱花,感觉像个乡下婆娘,啰里吧嗦的。

布朗老师表扬了我的发音,真开心!我想认真学好外语,跟全世界的少女交朋友。

我还没动笔回信呢。因为,那个陌生的姐姐还没有在我面前出现。但我相信,她就在这个宽敞的校舍里某个地方,用心地守护着我。而我的心,也在追寻着她。

我的姐姐,快点现身,到我眼前来吧!

姐姐现在一定后悔给我写信了吧?请你放心哟!

夜里好闷热。

四月×日

阴天,樱花初谢。

我在苜蓿丛中,发现了两株四叶草。

感觉天大的幸运降临到我身上。

教音乐的寺田老师系了一条优美的友禅腰带,跟那身大岛和服格外相称,比平常还要美上一倍。

大家都着迷地盯着寺田老师的身影。

"音阶都错啦！弹得不齐！"

老师有些发火了。那样美的老师发起火来，可不大相称。

今天也没找到我的姐姐。不过，却感觉因为这事，越发被一股力量吸引了。干脆一辈子都不认识那个姐姐，那该有多梦幻、多美好呀！但愿我的美梦不会醒。

四月×日

我有个最爱的妹妹。从小，我就是怀着姐姐的心理长大的。

我只有关爱妹妹的心，不懂得向姐姐撒娇。也不是不想被人疼，要是有人能像我爱妹妹一样，用一颗宽容热情的心拥抱我，该有多么幸福？

自打妈妈去世后，尽管我还是个孩子，却要像妈妈一样照顾起妹妹。明明我自己心里还很想向妈妈撒娇，依赖妈妈呢。

直美和清子两人把脸凑到一起看着，看到这里。

"清子，我现在真想立刻飞到姐姐那里，跟她道歉。要说我是被妈妈带大的，还不如说是被姐姐带大的呢。"

直美说着，遥远的回忆带来眼泪，打湿了睫毛。

清子也点点头：

"你姐姐一定也很孤单，还要那样牢牢地守护幼小的直美，甚至都抛弃自我啦！"

"我都没有考虑过姐姐的心情，一味地任性，太难为姐姐啦。"

"不过，照这段日记看，那个想当英子姐姐的人也太胆怯啦！从头到尾都不肯现身……"

"一定是个胆子很小、内心直接的人。她可能害怕收到姐姐的答复，也可能难为情……"

"既然那样，就不要写什么信了嘛。"

"也可能，这样的人就对姐姐喜欢到情不自禁要写封信呢。"

日光渐渐开始转淡。

小鸟也仿佛归巢般婉转鸣叫着，纷纷飞过树丛。

"咱们还要再来呀！"

说着，两人又从"姐姐的座椅"里一簇地丁花丛采下野草来抛撒。

之后，又用茅草、树叶严严实实遮住花丛，若无其事地相视而笑。

"我姐姐要是知道我们做了这样的事，该有多吃惊？……眼下，她一定在濑木家那个大厨房里帮大家准备晚餐呢。这样想想，真可怜！话说回来，我吃了那么久姐姐做的饭，姐姐走后，感觉家里的饭菜都不香啦！我姐姐厨艺可好啦。"

"她都不回娘家来玩嘛。"

"听说她到三越都有人陪着，根本没法一个人随便出来。"

"那，直美，你主动去看她，不就好啦？"

"我可讨厌那么老大的房子！再说，去了那里，也没法跟姐姐两个人一起玩呀。"

两人下山时，街灯早已沐浴在晚霞之中了。

恭喜直美成绩优异！这个星期天我会回去看你们。

爸爸身体还好吧？

灌木丛里的山茶花，花期已经过了吧？

——这是姐姐寄来的明信片。

打那天起，直美重新整理了自己的房间，换过桌布，翘首企盼着。

接着，又赶紧通知清子：

"哎，你要是方便，就过来吧！"

"可她不是一个人吧？"

"十有八九会跟姐夫一起。"

"讨厌，感觉有点不好意思嘛。"

"那有什么呀？我们才是从小在一起的嘛。姐夫不过是刚从半路杀出来的，夺人所爱嘛。"

"那倒没错。"

"我会来喊你的。姐夫有台很棒的照相机，我们让他照张相吧。听说叫克莱莱[①]……"

"克莱莱？克莱莱是照相机的名字？"

清子觉得很有趣。

"你要是光顾着跟姐姐聊天，忘了来喊我可不行哟！"

直美想在姐姐回来的日子前好好完成功课，当天痛快地玩，下午便坐到了桌前。

一份图案和两份自由画。

[①]相机品牌Korelle。

直美打算用三角尺和圆规把蒲公英画成直线型的图案。

信手画了几张，总算画出一张满意的来。接着，认真地誊到八开纸上。正准备调颜料，却见阿松端着托盘走了进来：

"小姐，在用功吗？"

"怎么啦？"

"邻居送了草饼①来，很诱人哟！"

"哦？那就趁着手还没脏……"

"我送杯茶过来吧。"

"嗯。颜色真好看，还有草香呢！"

直美说着，看了看：

"一定是清子妈妈做的吧。咱们家可不行，妈妈不在了嘛。"

"抱歉啦。"

阿松道着歉，仿佛是自己的错。

"不，没事啦。对啦，姐姐回来那天，要做好多好吃的哟！"

---

①又叫麻糬，起源于中国，是一种流行于日本、台湾、香港、闽南等地的精致小点心。

"是呀。会让鱼留[①]帮下忙，我也会负责做好的。"

"嗯，那我帮你想想。"

"净开玩笑……"

"让阿松负责，可指望不上哟。"

"嗯，嗯。"

"啊啊，想颜色也太麻烦啦！再说，外面天气这么好。"

"你姐姐就要回来啦！"

"对啦，储物间里应该有姐姐用过的大菊花盘呢，把它找出来吧！"

之后，终于，一面在心中期盼着姐姐回家的日子，一面画好了画稿。

这个星期日一早，直美在做广播体操前起了床。

"阿松，院子我来负责吧！"

说着，她拿彩带把一头乱蓬蓬的头发扎起，深蓝色的运动服外系上围裙，赤着脚跑到院子里来。

"呀，早啊！也没有多乱，就把门口的碎石子好好清理一下吧。"

阿松把竹耙和扫帚递给直美，赶紧回后厨去了。

[①]应当是鱼铺名字。

直美像过年一样把这个家里里外外彻底打扫过之后，换上了水手连衣裙。这条裙子曾经受到姐姐的夸赞：

"阿美穿上这条裙子，有点像诹访根自子①嘛！既清秀又可爱。"

她在门口频频地进进出出，颇有些急不可耐。

时钟将近十点了。

"到底几点回来呀？一定还在准备出门吧。要是十点前还不回来，我就跟姐姐绝交……对吧？爸爸。"

直美等得有些不耐烦，一个人发起火来。

"你也别这样一大早就到处嚷嚷，会累坏的。还不如去帮帮阿松的忙呢！"

直美正不情不愿地给阿松帮着忙，门口传来汽车的动静。

直美立刻冲了过去，身上还系着围裙。

想念多时的姐姐就站在树丛跟前，一副主妇的架势微微笑着。姐夫手里果然拿着相机。

"呀！阿美，好久不见啦！这么几天，个子好像长高了嘛。"

不管姐姐说什么，直美都只是笑着、欢喜着，并且，还有

---

①日本美女小提琴家。

一股没来由的害羞之情。

英子立刻走进佛龛间,直美也紧紧跟着。

"妈妈,英子戴着您的护身符,每天生活得都很幸福。您放心吧!"

英子仿佛在跟活着的人讲话,两手扶地祭拜着。

佛坛一旁,妈妈那美丽的照片正用静静的目光凝视着姐妹俩。

"你到我屋里来!让姐夫跟爸爸聊聊照片的事好啦!"

直美一把拉住姐姐的袖子,恨不得一人独占了她。

"哟!"

英子露出一脸的吃惊,心中满是对生长的娘家的亲切感,仿佛有股往日的气息。

"呀,这么干净啦!"

英子四下里仔细打量着这间原本是两人书房的西式房间。

"我的书桌还在呀!"

"学习时,遇到不懂的地方,我总是不小心喊姐姐呢。"

"那可要不得哟……"

"书桌里还有姐姐的钢笔、毛笔、用剩的信封,都原封不动呢。"

"明明都说留给你了嘛。就连随便乱写的记事本都摆在桌上呀!"

"这里是姐姐的博物馆……看见姐姐的东西,我就会坚强起来,一点也不觉得孤单啦。这屋里一直留着姐姐的纪念呢。"

"阿美,谢谢啦!"

"哎,姐姐!想起了姐姐上学的时候,到这间屋来!"

两人把椅子搬到向阳处,数起了风信子。

"三十四枝!去年秋天应当种了四十枝的,应该是有些死掉了吧?"

自己播的种,春天一到就为家人开出美丽的花朵,这使英子感到无比欣喜。眼见之前精心料理的院内花草,在自己离开之后依然奋力生长,着实令人惊喜。

"阿美,恭喜你上二年级啦,想要什么?我送给你。发带?还是手拎包?"

"不用啦!都跟爸爸说好啦!"

"还怪客气的嘛。"

"我呢,倒是想送给姐姐一件贺礼。"

"这么郑重其事,什么呀?"

"姐姐的日记,前两天我就开始看啦。虽说只看了一点点,不过,日记里的姐姐,可比咱俩在一起时更容易看懂……

姐姐在我这样的年纪,就用我完全想象不到的心理照顾我了嘛!"

"……日记嘛,都会写得夸张点咯!"

英子脸上微微染起了红晕。

"不过,看了日记,你还能脱离阿美的姐姐这个立场,把我当成普通的少女来读我的想法和日常,我很欣慰……那时候,我始终披着姐姐的外衣,阿美却不能理解,我也很伤心。话说回来,看日记时,你也会发现我身上有些不像姐姐的地方,说不定会让你讨厌吧?"

"没有的事!对啦,隔壁的清子也特别特别迷恋姐姐哟!我好喜欢她。因为她聪明、漂亮、有趣。而且,我终于让她当上你日记的忠实读者啦!"

"哟!"

英子一脸诧异的表情道。

"可不要再制造什么忠实读者了哟!我很少见到清子,倒是没关系,就是有点不好意思。"

直美有些不知如何是好了。既然已经跟清子有约在先,不打声招呼就让姐姐回去,岂不成了说谎?

"还有,我们,就是我和清子,想到一件很合适的纪念贺礼。"

"横竖是拿虾米钓鲷鱼什么的吧?太吓人啦,不敢要。"

"太过分啦!才不是那么现实、寒碜的玩意呢,很浪漫的哟!"

许是觉得直美一本正经的讲话方式有些好笑,英子竟扑哧一声笑了出来。

"阿美,不许那样霸占英子!"

茶室里响起父亲的声音。

"等下再说!"

英子说着,摸了摸头发,瞬间恢复主妇的神情,起身走掉了。

三　假的妹妹

直美和清子两人，把姐姐写在厚厚日记本里的日记——誊到了稿纸上，又蒙上漂亮的罗纱纸封面，用蓝色的丝带穿起来，做成了一本书。

接着，跑到山上的"姐姐的座椅"里，两人绞尽了脑汁，终于想出《花儿日记》这个名字来。

紫色的地丁花日渐盛开，杂树林里的山茶花一朵朵啪嗒啪嗒落在了青草上。

（英子日记）

四月×日

阴天，早晚凉。之前摘掉的褡裢，又套进校服里。
今天上圣经课时，有件很神奇的事。

虽说还不懂信仰这回事，但听了圣经课，我仍然生出了感恩的心。我这颗失去妈妈的悲伤心灵，因而变得越发深切。假若因为加倍爱护直美，可以忘掉我的悲伤，度过坚强的每一天，它将成为我的"考验"。

神灵为了考验我，把这份悲哀、这份不幸化作礼物。今后在面对那些重重的不幸和灾难时，我也会越来越坚强。

这样想，好像的确可以相信神灵了。

会有这样的心理，也是天堂的妈妈指引吧。

请把幸福赐给留下来的爸爸和直美！

四月×日

五月将至。近来树木好美，一株株发着光，仿佛刚刚出浴。不下雨，影子清晰。

今天比往常早到了学校。

法国梧桐才吐芽，让人好想尝尝味道。大家围坐在树周，玩起"蹲小鬼"①游戏。

---

① 一种跟"小鬼"之间追跑的游戏。

疯狂地跑来跑去时，我的裙子被荆棘钩住，剐出了好大的裂口。

今天没有针线课，班上谁也没带针线——这可糟啦，正打算偷偷溜回教室去，一个高年级的学姐跑过来说：

"我帮你缝一下吧！"

哎呀，怎么办呢？我实在难为情，答不上话来。

这个姐姐的确好心，可这种时候被人看见，忽然觉得有点讨厌。

她就像推着扭扭捏捏的我似的往前走着。

"我马上到教室帮你把针线拿来。你等一下。"

"可是……"

"哎呀，那可不行。要是一直这样破着，我可不喜欢。"

这个姐姐说话的语气，好像早就认识我一样。

我站在校舍门口，姐姐很快折回来，灵巧地帮我缝上了裂口。

"回到家，让妈妈重新帮你补一下吧。我只是帮你临时缝住啦。"

不知为何，我僵在了那里。点头答应时，看见姐姐跪在我的脚边。

她正微微掀起我的裙角，用一口洁白的贝齿咬断了线。

"呀！"

我不禁往后退。太不好意思啦！

"怎么啦？"

我一下子落了泪。

难道是因为自己想起就算回了家妈妈也不在了，而这样一个陌生人却对我这样关心，才感到格外悲伤……

"怎么啦？"

这个姐姐讶异地看着我。

我拼命地摇头。

姐姐紧紧地抱住我，沉默了一会儿。

"你这样吃惊可不该呀。我都给你写过信啦……"

即便说不该吃惊，我也不能不睁大双眼。

呀，原来是她呀！就是那个我做梦都向往的姐姐……

我的脸红了，若无其事地行了个礼，姐姐笑了：

"哎，咱们交个朋友吧……不过，别老是被剐到哟！扎到刺就糟啦。"

我惊喜到恨不得把这事告诉班里的同学，可每次刚要说出口又咽了回去，只能微微地笑一笑。

五月×日

雨过天晴,阳光灿烂。

草坪发出蓝宝石一样的光芒。

三年级的同学正在打理花坛。我的信子姐姐也在割草。听说,她特别擅长种花。所以,人也总是美得像花儿一样。

一早要进教室时,趁着走廊上人来人往,她悄悄递给我一封信。

信子姐姐的信封都是日式的。字漂亮,画也漂亮(听说,还在去年的展览上获了奖呢)。而我写回信,总是浪费信纸。可不管怎么浪费,字也不可能一下子就变漂亮呀。

今天因为值日,可以和信子姐姐一道回家了。

我俩刚出校门,就碰见教地理的上田老师。

他只是严厉地盯了我俩一眼,就匆忙地朝反方向走了。我心里怦怦直跳。

"明天我给你带一只漂亮的书签来。我一直在做花朵书签呢。"

姐姐跟我约好了,明天见。

我记住了,要等到明天。

每天都好期待上学。

可不能因为这事就忘了小小的直美。姐姐的事,就算告诉直美,她应当也听不懂。好想跟妈妈说说。

我有多么幸福呀!

"呀!"

读到这里,直美叹了口气。

"话说回来,你姐姐能振作起来,全是因为信子姐姐嘛。"

"也不知她姓什么?下回我想借校友名册来查一查。她叫信子,对吧?"

"可是,我姐姐已经改姓了呀。这个姐姐肯定也嫁人啦,没准都有宝宝啦?"

"啊,都有宝宝啦?"

清子一副发狂的模样。

"可是,名册上也会有娘家的姓吧。总之,咱们用信子查查看。就算有同名的,一个班也不至于超过三五个吧。"

"查到了她,做什么呢?"

"也不要做什么呀……就是想弄清同校学姐的浪漫往事嘛。"

"哎呀,要是想那样,把《花儿日记》继续读下去,不就彻底清楚啦?我倒觉得,不知道她的真名反而更好呢。"

"为什么?直美,你总是爱说些装腔作势的话嘛。"

"万一人家已经是个面黄肌瘦的主妇,还背着娃娃,你不觉得失望吗?"

"那倒是。"

"不知道她是何方人士,姓甚名谁,反而更浪漫嘛。"

"过去的事,不该再瞎折腾。我的缺点,就是对这种事太好奇啦。"

"你嘛,也没那么……"

"是真的,我要说声对不起啦。"

两人看了阵日记,有些累了。于是,走进院中,坐在草坪上。

"呀,这花好美!叫什么呀?"

"蝴蝶草。"

"香豌豆有好多花骨朵呀!"

"那也是姐姐秋天种的!等开了花,我想剪下来,拿到姐姐家去送给她。"

"那棵开黄花的树呢?"

"那叫连翘。"

"枝头有好多花呀!"

"这种花常拿来插花。对啦,等雪柳开了花,插得最多啦。"

"我到现在才明白,英子那么爱花,主动照料花草的理由……"

"我也是呀。"

直美也点头。

"原来都是受了这个擅长插花的姐姐的影响嘛。"

两个人仿佛幻想着日记里的姐姐,一言不发地对视着。清子忽地拍了拍直美的肩:

"瞧,直美,明明你也很想了解她嘛!"

打新学年起,直美拿着姐姐的贺礼——崭新的针线盒——去上学了。那是个编成笼子状的、西式的针线用具盒,缠线板、剪刀、尺子、顶针之类的,个个都用袋子固定住。就算跑得再快,也用不着担心里面哗啦哗啦直响或是东西七零八落的了。既轻便,又洋气。

因为用起来开心,直美对原本讨厌的针线课也有了一丝喜欢。

竹内老师还很年轻。

她把那头不曾烫过的笔直的黑发整齐地卷到领口，领口总是一片雪白。那副端庄的面容，仿佛雪白的领口比起任何别的颜色都与之相称。

"话说，之前已经做好笔记了吧！今天先把袖子拿出来，我们给袖子做标记。"

学生们把新裁好的布匹铺到裁剪台上，看着老师。

黑板上也画着袖子的四角。老师一面讲解，一面用粉笔标记起来。

"懂了没？标记不要使劲擦哟。尤其是毛织类的，务必小心。所以说，遇到薄毛呢或者哔叽时，要用线标记，彩粉笔也行。"

黑板上写着大大的"女装单层和服裁剪"的字样。

同学们大约都在缝制自己的衣裳，看不到素净的花纹。

统统是些花花绿绿的图案，教室里仿佛有股初夏的气息。

"哎哟，彩粉笔断啦！借我一下。"

"袖子的圆角，老师说要五分。可我妈妈说，圆角要大一点才更可爱。怎么办呢？"

"问问老师吧！"

安子拿起袖子，起身走到老师那里。

老师赶紧走上讲台，敲了两三下，吸引大家的目光。

"各位同学，丸井同学问到圆角的问题……所谓圆角，就是去掉方角的意思。成人的衣物一般要用五分圆角。但是，儿童的衣物……或者说，像大家这样的少女，有时也会从技巧上加大圆角。只不过，哔叽的面料比较硬，而且大多用作日常衣物，所以，不建议袖子太长。大家最多一尺八寸到一尺九寸就够了。那样，也不会感觉圆角太大。想加大的同学，要控制在一寸左右。"

老师如此地重视学生的意见，教得认真，因而口碑也极佳。

学生们叽叽喳喳地，总算画完了线。

接下来还有详细的缝法讲解，老师离开了教室一阵。

"森同学的花纹好漂亮呀！"

"颜色真漂亮！"

"是吗？我还是头一回穿哔叽袖呢。"

"哎呀，我也是……"

少女们初次穿上哔叽袖的感伤——这股季节之情，悄然浮现在每个人的心间。

"可我一直穿的都是姐姐的旧衣，元禄袖①……"

"是呀，有姐姐太亏啦！老是穿人家的旧衣……"

"哎呀，可我就想要个姐姐呢！"

"所以说……所以说，不要真的姐姐，要个假的姐姐就行啦！"

"呀，田中同学，还有假的姐姐？"

"哎，你这人感觉真迟钝！"

大家笑着，不再回应了。

"横竖是啦，我就是迟钝嘛！"

门静静地开了。

"要不得哟！你们这样凑到一起聊天……"

老师表情端庄地看着直美等人。

大家纷纷偷偷溜回自己的座位。

直美也低下了头，乖乖地穿针引线。

她一面思考着刚才朋友说的"假的姐姐"是什么意思。

既然如此，应当也有"假的妹妹"了吧。

想到这里，竟仿佛做了坏事一样，心跳猛地加剧了。

---

①一种仿元禄年间（1688年～1703年）流行的窄袖缀金银细丝花纹的和服。

那些可爱的新生,还不熟悉学校里的环境,那副一本正经的态度,上早课时格外地惹眼。

假的妹妹……要是真的妹妹,就更好了。我会不会有那么一天给一个假的妹妹当姐姐,跟假的妹妹一起玩呢?

可我会做那样的事吗?

直美脑海里像做梦一样,浮起可爱的新生身影。

才上二年级,这种事……也想得太美了吧?她一个人涨红了脸。

每天天气晴和,吹来的风也带着清爽的气息。

树木披上全新的绿色盛装,早春的樱花业已落尽。

这个季节的《花儿日记》里是这样写的:

(英子日记)

五月×日

绿荫实在浓密,把我的房间都遮暗了。

妈妈最爱的鸢尾花开了。

信子姐姐拿小菊纸①包着干花瓣送给我。

可我不认识那是什么花。在教室里，我也不时偷偷打开琢磨来着。

花瓣也厚厚的，颜色是鲜艳的大红。

被精巧地压成方形，彻底看不出花朵本身的形状了。

是不是蔷薇呢？

五月×日

我回信说，实在不认识昨天的干花……

她说，啊，那是山茶花呀！

信子姐姐说，她最爱山茶啦。她会把山茶花压成各种形状的干花，或者把整朵花原样压平保存起来。看来，她很珍惜那些花。

她送给我的干花，是到伊豆的温泉浴场时，跟她妈妈一道在天城山脚下摘回的山茶花。

相当有来历呢。

---

①一种很薄的小片和纸。

直美这才意识到,姐姐那样口口声声说自己爱山茶,都是出于对这个姐姐的仰慕。每一次看日记,就像把姐姐身上的衣裳一件件剥掉一样,看得直美捏把汗。

不久,学校像往年一样公布了春游的日程安排。起初,春游的惯例是高年级到关西一带去。后来,各个学年每年差不多都到固定的地方去了。

直美所在的二年级是到日光两天一夜游。在讲了许多旅行的注意事项之后,老师说:

"高原上花开还有点早。那种地方春天来得迟,眼下春天里百花齐放,百鸟齐鸣,不光有历史遗迹,风景也很优美。我把旅行安排和路费预算发给大家,大家跟家里商量好了,星期一之前决定是否参加,可以吗?家里有特殊情况或者身体状况有异常的同学,不要勉强参加。患了感冒或是肚子不舒服的同学,要是硬撑着参加,搞不好病情在半路上加重,会给整个班级带来不便。另外,今年旅行是第一次在外过夜,要足够当心。不过,我希望全班同学一个不少,都能出发。"

同学们喜不自禁,不懂装懂地瞎聊起要去的地方来。

"听说,战场之原那里,有好多高山植物的花呢!"

"还不可能开呢!"

"白桦都发芽了吧?"

"白桦又没叶子,就是立在黄昏下也好看呀!"

"听我姐姐说,古老的杉树林里有种无法形容的美,最棒啦。听说,中禅寺的湖面上会起雾,杉树林里还会啪嗒啪嗒地落水滴呢。"

"那最重要的东照宫和华严瀑布呢?"

"那些地方,明信片上不就有吗?"

"要是明信片也行,我早就环游世界啦!"

"我不是说行,是瞧不起明信片里那种风景嘛。"

个个聊得漫无边际。

"到旅店里过夜时,咱们挨着睡吧。"

"我倒是觉得,根本睡不着嘛。"

"湖水映着月亮,聊上一通宵也不错呀!"

"我可会累到澡都不洗就睡着的。"

"哎,森同学!"

安子从前面的座位扭过头来:

"你也去吧?"

"应该去吧。只不过,前年秋天,我和爸爸还有姐姐三个人去过啦。去的汤本温泉。所以,一点也不稀罕。"

"可秋天跟春天的乐趣肯定不一样嘛!你还是去吧!你要是不去,都没劲啦。"

直美回到家,一个人迟迟下不了决心。她去问爸爸,结果爸爸不慌不忙地笑道:

"这个嘛,去不去看你自己喜欢咯。"

阿松在一旁道:

"去同一个地方,也太浪费啦!明明该去伊豆嘛!"

"伊豆是三年级才去的。"

犹豫来犹豫去,到了星期天早上。

直美正在青翠欲滴的树下准备做广播体操,穿着运动衫的清子也跑来喊她了。

"直美!"

两人约好通常星期天一早都要到一方家里,一道做广播体操。

上午清子要到教堂去做弥撒,就不能玩了。

一做完操,直美立刻讲起春游的话题。

"你耍赖!你耍赖!没有这样的!"

清子摇着头道。直美有些愕然:

"呀,为什么?"

"你绝对不能去!"

那副气势汹汹的模样让直美实在诧异。

"不能这样!你明明说啦,要把姐姐让给我。不是还说啦，咱俩要一起看姐姐的日记吗？"

"是呀！"

"那你还要一个人跑到日光，一个人回忆前年跟姐姐一起去那里的事，这是耍赖！要回忆姐姐，得带上我一起才行。"

"啊！"

直美的心仿佛一下子敞亮起来。

"算啦，算啦……既然你这样强词夺理，非要我不去，那我不去啦！我到学校参加自习班。"

"空空荡荡，没有一个人的校园，不也挺好吗？"

直美下定决心，不去了。心情反而放松了许多，颇有些自在起来。

终于，在一个天公作美的好天气里，班里同学精神抖擞地出发了。三个不参加的同学一道去送行。等直美回到二年级的教室里，同学们一面读写着喜欢的东西，一面说：

"这会儿，应当上电车了吧？"

"大家一定正叽叽喳喳呢！教数学的石川老师带队，好可怕呀！"

"可是，教音乐的浅田老师也去，好羡慕呀！到了风景优美的地方，大家应当会一起唱歌吧？"

三个人体会到留下来的失落，忽然闭上了嘴。

"大家都在安静地上自习吗?"

值班的习字老师走进来,在教室里走了两步之后问:

"森同学,你怎么没去?"

"因为之前去过啦!"

"可老师十几年都去每年去过的地方旅行哟。"

三个人面面相觑,笑了起来。老师能坦诚地讲出这番话,给人感觉相当和善。

"那,在铃响之前,大家都要安静哟!"

老师说完这句,离开了教室。

操场上学生稀稀拉拉的,教员办公室里也空空荡荡的。

那些陈旧的校舍大楼显得格外惹眼……

走过礼堂一畔,有个学生把椅子搬到那里的樱花树下,正在写生。直美悄悄走了过去,那个学生似乎吓了一跳,缩起肩膀,合上了速写本。

"呀,对不起啦!你在画画?我不会看的。"

这个同学乖乖地点了点头,没有站起来的意思。

见她眉眼清秀,模样伶俐,校服和鞋子都是崭新的,应当是个新生。

"你是一年级的?"

"嗯。"

"哪个班的？"

"C班的。"

聊完这几句，话题又中断了。

直美还想聊几句，又不知道该聊点什么。

"你怎么没去呀？"

不知为何，少女只是红了脸，没有作答。

直美觉得自己问了不该问的，一时间也语塞了。

不知什么时候，直美也蹲到那株树荫底下：

"你叫什么名字？对不起啦，问这么多……就是想跟你聊聊。"

少女低着头，把速写本的带子系上又解开，小声答道：

"中川绫子。"

直美也说了句：

"我是二年A班的。"

直美心中蓦地想起"假的妹妹"这个词来。

这样一想，直美已经有些难以正视这个少女了。

这期间，铃声静静地响起。就连铃声都带着几分假日的气息。

"呀，咱们到教室去吧！"

听到直美的提议，绫子现出怯怯的表情：

"嗯……我还要待在这里,一直到画完。"

直美担心,此刻要是不想办法跟这个少女交上朋友,可能会永远失去这个机会,真不想就这样分开了。

再说,从明天起,全体一年级同学都要来上课啦。

后天,班里的同学也要来上学了。

她心想,那样一来,越发没机会接近这个少女啦。

"我在旁边看看不行吗?"

绫子有些为难,又有些奇怪地扭头看着直美:

"可我画得不太好。有人在旁边看,我就不会画啦!"

"那我也来画幅速写吧!"

直美大胆地说了一句,赶紧跑到教室里拿绘画纸。

她一面佩服自己的勇气,一面突然好想唱歌……

"幸亏没去旅行嘛。山中无老虎,猴子称霸王。我也终于有这一天啦!"

她把椅子摆到离少女稍远的地方。

一股无言的亲切,开始在两人之间的空气里来回飘荡。她俩各自速写起想画的地方。与此同时,直美心里反复斟酌着要跟少女说的话语,就像寻宝一样……

四　少女背影

只剩叶子的樱花树上，纤细的枝头垂挂着毛毛虫，仿佛正在清风的吹拂之下，惬意地荡着秋千。

说起在校园里写生，直美本不大感兴趣。但因绫子不肯离开，始终认真地画着，她也终于来了兴头，一副不甘示弱的架势，速写起绫子的背影来。

半晌，绫子回过头来：

"我画完啦！"

"哎呀，哎呀，不行！你就那样别动！马上就好啦！"

"呀，你在画我？"

绫子的脸红了，却又听话地坐回到之前的椅子上。

那仿佛散发着甜美的香气，稚嫩纤细的脖颈，和那包裹在结实的校服底下薄薄的脊背，直美画了好多遍也画不好。终于，总算画出一个有点像绫子背影模样的少女来。

"谢谢,就这样算啦!怎么样?有点像你吧?"

直美愉快地摊开速写本,举到绫子眼前给她看。

绫子不由自主地点了点头,目不转睛地看着。心里却想,这就是自己的背影?要夸这画两句,实在有些难为情。

"画背影反而更难,不是吗?因为,没有明显的特点。"

"是呀!只不过,你的脖子和后背可有特点哟。"

听见这话,绫子失落地笑了。

继而,又仿佛有些痛苦似的,垂下了头。

直美心想,这是为什么呢?于是,她鼓励绫子道:

"我姐夫——就是我姐姐的丈夫,很会拍照。他拍了好多姐姐的照片,有好多都是背影呢。他说,拍照不一定要拍正脸,不管从背后拍还是哪里拍,都可以看出是本人。"

绫子一个劲地点着头。

"马上要吃午饭啦!咱们进教室吧。"

直美单手拎着椅子,站起身来。绫子却越发一副胆怯迟疑的模样:

"不啦,我……"

突然,她的语气格外客气起来,不回头看直美一眼,迈出了步子,那腿……

"啊,原来是这样!"

直美仿佛僵在原地,脸上唰的一下凉了。

先前快活的气氛也瞬间消失了。

"啊!原来是这样?所以,你的眼神才那么失落呀!"

直美目送绫子拖着一条跛腿,凸起的后背一起一伏地走向走廊。直美的内心被一股无法言说的悲伤绷紧了。

终于,直美平复了心情,回到教室里。她摊开速写本,又认真地补画起背影和肩膀的轮廓来。

直美一面借绫子那不像少女模样的凸起的后背回味着那份失落,一面好想轻轻地温暖她那薄薄的肩膀,使它丰盈起来——这份心情传递到正在速写的手上。

直美正呆呆地沉浸在先前的错愕之中。

"森同学,你怎么啦?到底画的什么呀?"

两个正复习英语的同学跑到她身旁,想瞄一眼。

"哎呀,不行!还没完成呢。"

"没完成?'没完成'可真是个好词呀!"

"不是那个意思。我只是随便画的,所以绝对不行,不行!"

直美以不曾有过的激烈摇着头,抱起速写本躲开了。

"那就算啦!不看啦!——呀,要吃午饭啦。"

"你带便当啦?"

"嗯，跟春游一样，我带了海苔卷和煮鸡蛋。"

"我这里有好多三明治，分你们一点吧。"

话题一下子被岔开，直美松了口气。她打开书桌。

"谁能倒点茶来？"

"那就石头剪刀布吧！"

三个人坐成一圈，开始石头剪刀布。

输的人哼着歌，快活地跑到走廊去了。

"绫子没去春游，心情的确悲伤！一直到毕业，她都没法去一次呢。"

直美想到这里，难得吃到的三明治也有些咽不下了。

真想跟绫子一起，牵手挺胸，走在路上。

直美一面记挂着绫子，一面来到学校，却发现刚刚春游回来的一年级今天要晚一小时上课，还没来几个人。

她悄悄走过一年级的教室门前，看见正独自一人读书的绫子。

直美真想喊一声"绫子！"，却没能发出声音来。

绫子的身影像是为了掩饰自己的羞怯，披着一层坚硬的铠甲。

会有这样的感觉，或许是因直美心中也有了心结。

二年级的教室今天也是空荡荡的。

那两个没去春游的同学，都还没来。

有什么让绫子放下包袱的办法呢？我该怎样向她表达，我非但不讨厌她不幸的身体，反而更愿意亲近她呢？——她是那样一个少女，假若认为我的心理是同情，她绝对不会接受的吧？——得让她知道，在我完全不知道她的腿有问题时，就多想跟她做朋友了……

直美左思右想，忽然有了种姐姐般的心情，同时很想趁今天把自己的心情多少传递给绫子。

她担心，若不尽快行动，两人之间说不定会出现别扭，刚刚萌芽的友情也可能烟消云散了。

直美在清晨还不见人影的教室里下定决心，要给她写封信。

校舍西侧的板墙上，缠绕着爬山虎绿油油的藤叶。紫藤花架上，坠满了开花后的小粒豆子。

"写点什么呢？"

要写一封如此难以下笔的信，对直美来说，真是开天辟地头一遭。

说起写信，往常要么是跟英子姐姐撒娇，要么是求姐姐帮自己干点什么，横竖都是些幼稚的话语。可今天的信，必须改改腔调了。

之前自己只要带点孩子气就可以，这回却要带着姐姐的心理……

直美苦思冥想着英子姐姐《花儿日记》里上学时收到的学姐来信里的词句……

绫子：

虽说这封信有些突然，但昨天我已经跟你交了朋友，你应当会原谅我吧？

开头若是不这样居高临下，似乎很难让自己的气势强大起来。于是，直美未给对方一丝犹豫的机会，一开始便宣称自己跟她已经是朋友了。

绫子，假如你因为自己的身体有些退却，那都是想错了。你像现在这样就已经足够，绝对用不着难为情。请你不要因为那样的原因，不肯跟我做朋友。

还有，你只要永远开朗骄傲就够了。

还有，假如你有那样悲伤的心情，请第一个来找我。我已经做好准备当你最好的朋友了，你愿意接受吗？

我只想更深入地了解你,也想让你了解我。

还有,这份心情,跟你的外表毫无关系。

要是你能保持自我,更加爱自己,更加坚强起来,该有多美好?只要是我能做的,不管怎样,我都愿意帮你。

绫子,为了打造你的美好生活,能不能让我为你做点什么?

请你向我走来吧!

直美

她反复读了一遍又一遍,心想,真像一篇写得拙劣的作文,"还有"也太多了。

就像一个找碴吵架、光讲大道理的小男生写出的信。

只不过,这种带着斥责语气的信,对于心灵披着铠甲的绫子而言,说不定反而更合适呢。

直美终于下定决心把信交给对方,于是匆匆走下楼梯。

上午直美还是有点害羞,没到运动场去,刻意避开了一年级的同学们。到了下午,她很想试探一下绫子的心思,明明没事,也要从一年级教室门前经过。

绫子她们班正抱着书往理科实验室走去,刚好跟留下的直美她们在针线教室前擦肩而过了。

一年级的同学们叽叽喳喳议论着走过去了。直美禁不住表情一本正经地搜寻起绫子的身影来。

这时,正稍稍偏离队列,独自沿着墙边行走的绫子把目光投向直美。

"咦?"

直美露出一副询问的眼神,绫子则做出微微回应的表情。

直美瞬间恢复了活泼的劲头:"今年的一年级学生,身高都差不多嘛!"她说着,掩饰起害羞之情。

走进针线教室里。

"我今天要缝单层和服的腋下部分啦!"

"哔叽要剪接缝吧?"

"是呀,哪里的接缝都要……对啦,不管用缭针还是三角针都行哟。"

"我选三角针吧,因为好看。"

"那,我也一样。"

三人在裁剪台上铺开一块新哔叽,一个人起身到校工室里拿火种去了。

直美把十把烙铁放了进去,等着烙铁烧热后,轮流把接缝熨平。

在针线课上比别的课更容易聊天。烙铁要在火盆旁守上整整一个钟头，学生们常常一面在火盆旁偷瞄着老师的视线，一面热火朝天地闲聊。

只不过，在这个几十帖大小的宽敞单间里，三个人一旦凑到一起，讲话声就会响彻整个房间，十分引人注目。三人一反常态，不再作声了。

"森同学，不好意思，能借我点红线吗？"

"给你！"

"呀，这三角针越来越粗糙啦！"

"今天这样就可以回去了吧？"

"后天大家旅行回来就要聊见闻啦，那可麻烦啦！"

"横竖又是带回羊羹和明信片来做礼物吧！我跟他们说啦，还不如带点什么干花回来呢。"

"不管去哪里，都是羊羹嘛！"

"还有旅行游记哟！"

"算啦！我就写篇留下来的作文吧。我可有很棒的素材。"

"什么素材？"

"老师看了就知道啦！"

老师总是习惯把写得好的作文在大家面前朗读，所以有些擅长写作文的学生,写的时候会特意盘算好能拿去展示给大家。

"那么有自信的吗?"

直美呆呆地说着,心想自己该写点什么呢?

(写写这个跟绫子交上朋友的静悄悄的校园?写写正因没去参加春游,才结识绫子?……可一旦把那些写出来,大家不就知道了吗?)

正想着,手上慢了下来。忽然,传来一股焦糊味。

"呀,糟啦!焦啦!"

那个正谋划着写篇优秀日记的同学,发出了尖叫。

"呀,还是新的,太可惜啦!大襟尖?好显眼呀!"

"那个……回家用萝卜泥的汁擦擦看,可以擦掉一点哟!"

直美赶紧传授了不知几时听英子姐姐讲过的窍门。

英子姐姐……昨天的事,自己写的信,直美真想一五一十地向英子姐姐请教一番。

"她会怎么说呢?"

虽说有些不好意思,可必须让某个人知道自己这份全新的喜忧。

既想掩饰又想表达,两种心情各半。

姐姐呢，已经嫁了人，也不需要女校的"姐妹"了，一定是个最佳的听众。

直美好想立刻冲到姐姐那里去，她一刻也待不下去了。

终于，铃声响了。三人匆忙收拾好针线盒。

"明天星期日，有点不妙呀！"

"是呀！但愿会下雨。我妈妈还说，草坪里长满了草，让我明天去割草呢！"

直美一个人默念道：

"是呀，我要去姐姐那里。不管下雨，还是下刀子……"

星期日一早，直美盘算好时间，去给英子姐姐打个电话。就算姐姐要出门，这会儿也应当还没出发呢。因为爸爸讨厌电话，直美家里没装电话。万不得已时，要到隔壁清子家里借用一下。

直美在门口打了声招呼，清子立刻出来了。

"我想借一下你家里的电话用。"

"用吧。有事吗？"

"不是。"直美嘻嘻地笑着。

"你看起来那么开心，啥事？"

"那倒是。"

"算啦，你不说，我也会偷听的……"

"随便你啦。"

直美刚走进电话间，清子也一道跟了过来，还一面把手搭在她肩上，一面把脸凑了过来。

半晌，有人接了电话。又过了半晌，换成英子姐姐的声音。

"喂，姐姐！我今天去看你，可以吗？"

"啊，是直美呀？"

"姐夫也在？"

"嗯，下午要去球场……我……"

"你也要陪他去？"

"不，我……"

"真的吗？姐姐？"

"哟，还打算讥笑我？——来吧！给你弄点什么好吃的呢？"

"姐姐！现在有个人正在我身旁羡慕地偷听呢！"

"……"

"我叫她过来接一下电话。你可要帮我批评批评她哟。"

直美笑着，把话筒递给清子，拍拍她的背：

"给，你可要说点什么哟！"

清子满脸通红，直瞪着直美，

"喂，那个……我是清子。直美老是爱捉弄我，真受不了。"

"哎哟，好久不见呀！你家里人都好吧？直美给你添了不少麻烦……"

"谢谢！"

直美从旁一把夺过来：

"还客气什么呢？……姐姐，我要带清子一起去，可以吧？哦？方不方便？没问题。清子嘛，只要说到姐姐，一定排除万难都会去的！"

定好去姐姐家之后，接下来就是讨论带什么礼物了。两人这下可是各抒己见：要是送水果嘛，最好是樱桃和杏罐头。要是送花嘛，就是山茶、地丁、白玫瑰、白康乃馨、樱草花……

终于，两人商定好了礼物。直美穿上水手连衣裙，清子则是上下分开的水手装。两人鞋子擦得亮晶晶的，帽子也刷得干干净净的，精神抖擞地坐上了巴士。

英子姐姐家里，院落格外宽敞。

只不过，虽说难得如此宽敞，却净是些花木店里才爱摆的枝叶陈旧的树木，吐出莹莹新绿的只有米槠树，其他树木统统修剪得整整齐齐，仿佛一株挨一株栽出的一样……

就连草坪上也不见一棵杂草，笔直地长着结缕草的花。想来一定没有人在这块草坪上跑来跑去的吧？

直美和清子不由得沉默下来，面面相觑。两人想起自家那随性自在的院子：恣意生长的树木、丢到一旁不管不顾的花草。甚至，忍不住想，英子姐姐是否也要像盆景一样被人修剪呢？好像有些可怜……花圃里栽的，唯有不见一只虫子爬的漂亮的玫瑰。那些夜市花摊上摆出的花花草草，在这里根本找不到。

"这里好整齐呀！送她这样小一束花，有点奇怪。你不觉得吗？"

清子悄悄嘀咕着。她把手端端正正摆在膝上，有些胆怯的架势……

"好可怜呀，到处都找不到地丁花嘛！横竖这个院子不是姐姐的风格。姐姐反倒会喜欢我们送的花呢！"

正说着这些，姐姐跟在姐夫身后走了出来。

直美与清子再一次面面相觑。好不容易瞄准姐姐一个人来的，若是姐夫跟在一旁，岂不添乱？

于是，直美拼命用眼神向姐姐示意，赶紧把姐夫打发走吧！

看上去，姐姐收到信号了。

"我这里就不用啦！你不用忙活啦，走吧！要说对付清子和直美，我可比你更拿手。"

"就是呀，姐夫。今天的比赛双方不是争夺亚军吗？"

直美也趁机浇油。

"这是又想赶我走嘛！"

姐夫看着直美：

"就是说，又在筹划什么阴谋咯？"

"嗯，当然啦！"

直美冲清子道：

"哎，清子，我们可是来找姐姐聊人生大事的哟！"

这句话有些过于一本正经，惹得姐夫和姐姐都忍俊不禁。

"我家英子还不是能聊这种话题的人吧？"

直美和清子两人怒目瞪着讲出这话的姐夫——竟然把我们的姐姐说成"我家英子"，好像自己的东西似的。

"大家要不要到院子里来，一起拍张照？"

姐夫拿出那台引以自豪的照相机。

"要是桃子在就最好了，可惜今天一大早去春游啦……"

这个"桃子"，就是英子姐姐的小姑子。

本来直美还想，幸好她不在呢。可就连姐夫都一口一个

"桃子"，好像接待直美两人的，应该是桃子才对……

她们和姐姐三人一起并排站在窗下——可要说起来，三人拍照有些不吉利，于是——

"那就加我一个吧！"

姐夫定好了定时器，自己加到姐姐旁边。直美和清子都现出不满的表情。接着，姐夫给直美和清子一人拍了两张特写。只不过，姐夫还算识趣。他说，午饭要是喊母亲一起会太拘束，就不喊她来了。所以，午饭是在姐夫这边的屋子里四个人一起吃的。

餐桌上的雕花玻璃花瓶里插着香气扑鼻的地丁花，摆在雪白的桌布中央……

快活的午餐一结束——

"如直美所愿，我就要被赶走啦。回来也尽量晚一点，你们好好玩吧！"

姐夫丢下一句玩笑，跑去看棒球了。

"学校的春游已经结束了吧？"

英子姐姐望着两人，似乎想起了许多上学时的往事。

"我没去。"

"为什么？"

"因为之前不是跟姐姐你们去过了吗？日光呀！"

"可春游的乐趣又不一样嘛!"

"可我觉得,没去春游,反倒遇到一件好事呢!"

直美说着,感觉脸上发烧似的,两只手捂住脸蛋。

"直美光顾着自己幸福,我可压根不知怎么回事。真奇怪!"

清子从旁向英子姐姐告着状。

"我遇到一个很棒的人。"

直美一口气说完,脸涨得通红。

"在学校?"

"对,她也是没去春游的。一年级的学生。"

"哟,直美真勇敢!"

英子姐姐也相当诧异,对直美刮目相看起来……

"因为她很孤单。她的模样看起来很聪明,我好喜欢。"

"这就是你的人生大事呀?"

"她的腿脚不便。虽说不至于拄拐杖,但是有问题。正因为她人很漂亮,所以才更让人痛心。"

直美的心情溢于言表,声音也在颤抖。

"是吗?"

清子也不由自主地点点头,不再嘲笑了。

"我想跟她做个好朋友,帮她开朗起来。怎样才能跟她要好呢？姐姐，你教教我吧！"

直美一笑也不笑，一副紧咬不放的架势问。

英子姐姐一脸为难的表情：

"怎样？按你想做的去做就行啦！不就像跟清子要好一样吗？"

听见这话，直美也只能点头了，可这样并不能让她满意。

她从绫子身上感受的爱，和跟清子一起玩耍时的心情，总觉得有些不同。

自己也说不清那究竟是怎样的，但的确有所不同。

跟清子玩时，一点也不痛苦，既开心，又快活……

一次也不像给绫子写信时那样，过后仍然残留一丝痛苦与不安……到底，这份不同是打哪里来的呢？

难不成，这就是我那个奇怪的词"假的妹妹"？

直美痛下决心，决定向姐姐问个清楚。

"那个……对不认识的人喊'姐姐'或'妹妹'，奇怪吗？"

"这个嘛，要是熟了，也没那么奇怪啦……"

英子姐姐静静地说完这一句，不知是否已经猜到直美的内心，她安慰似的凝视着妹妹，仿佛要重新看待分开之后妹妹的心灵成长……

和盘托出之后,直美莫名地平静下来。于是,绫子那带着深深失落的眼神浮现在她心头……

轻松地跳过两级、三级,跳到第六级时,这母子两人一组有些迟疑了。接着,那个看似很有自信的人先跳了一下。

深蓝色的裙角腾空翻起,一次不行,两次定输赢。

"能跳吗?"

孩子担心地问。

"嗯,能!"

只见跳绳唰地翻起波浪,凌空一跃……

"呀!还好。"

只要一个人跳过去,就算剩下的一个跳不过去,这一组也已经赢了。

到了另一组。

"我能跳过去吗?……"

直美走到绷成直线的绳子跟前,和自己的身高比量着。

"太高啦。再拉松点吧!"

"呀,你要赖!"

"为啥?不是说了让你们拉低点吗?我让你们拉松嘛。"

"一样嘛。"

对方说着,反而从两侧越发拉紧了绳子。

"算啦,反正也跳不过去……山本,你先来吧!"

跟直美一组的山本个子虽高,动作却极缓慢,常常被人嘲笑。

"好像我跳过去,还不如跨过去方便呢!"

的确,要跨是能跨过去的。只不过,跳过去这种轻盈的动作可不是山本的本事。

两次她都被绳子卡住了,这回轮到直美。

"高得吓人嘛!"

她嘴上虽然这样说,第一回跳时,只是脚被绳子绊了一下。

"加点劲,再加把劲就行啦!"

直美受到鼓励,绷紧了脸蛋,跳了起来。

高高的绳子晃着,直美感觉自己跳过去的那一刻,当场跌倒了。

"啊!"山本第一个冲到直美身边,

"脚滑啦?"

说着,把她抱了起来。

直美正要难为情地露出笑容,忽然意识到一股疼痛。

"哪里伤啦?"

"没有……不过,好痛!"

直美一面皱着眉,一面站了起来。大家帮她拂去校服上的泥土。

"呀,破成这样啦……"

听到这话,她低头一看,果然黑袜子的膝盖处破了,沙砾似乎擦伤了膝盖,上面还沾着血。

"赶紧到医务室去吧!"

"前两天我也擦伤来着。去得太多,怪不好意思的。"

直美跟山本搭着肩,皱着眉走开了。

即使这样,后面的组也不吸取教训,立刻掀起裙子又跳了起来。

可眼见直美扶着别人的肩膀迈开步子,一个举绳子的同学嚷道:

"呀!直美的脚跛啦!"

直美一惊,回过头去。

"脚跛啦……?"

直美自己也重复了一遍,环顾起偌大的校园。

说不定绫子还在看着呢……?

要是绫子看见了……?

那个腿脚不便,没法跳绳的绫子会怎么想呢?

她看见直美明明写了那样的信，却开心地跳得比别人都高……

如果明明没多痛，还这副模样走路，绫子说不定会生气，以为自己被人家笑话呢。

"不用啦！"

直美把手从对方肩头松开，一面皱起眉头，一面挺直身子走了起来。

谁知，当天吃午饭时，做值日的直美到校工室端茶时，在那里遇到了绫子。

直美用目光瞟了一眼，互通了心意，接着若无其事道：

"绫子，值日？"

直美问。

绫子见直美膝盖周围用创可贴贴成了十字形。

"你怎么啦？"

"跳绳时擦伤啦。"

直美忘记刚才的关切，一不留神说了出来。

绫子一副生气的模样。

却并非因自己的脚跳不了而生气。

"危险的事情，我最讨厌啦……"

她温柔地安慰着直美。

"不，没事的。"

直美开心得几乎落下泪来，她刻意强忍着：

"我帮你拿！"

她从绫子手上一把夺过水壶，两只手拎着，在一年级教室门口分开了。

就这样，在校期间，两人即使见面，也只是短短一刻，不会聊到什么，直美的心情却明媚得出奇。

只不过，就像用力拥抱某枝花的花蕾一样，心中充满小小的喜悦。

假若绫子只是个普普通通的健康少女，可以自由地跑跳，说不定不会有这份安静的喜悦涌上心头。

直美思索着，到底该怎样跟绫子玩呢？怎样的游戏才适合绫子呢？

五　电车车窗

走到操场上，外面的炎热已有些使人想念阴凉了。四五个同学闲聊着，聚在一起专心地数着从礼堂转角到教员办公室门口需要多少步数。

"直美，你到哪里去啦？好奇怪呀，你近来……"

一个同学冷嘲热讽道。在场的人都看向了直美。

"哪里奇怪？"

"嗯……也说不清，反正就是奇怪。"

直美感觉自己的脸正不知不觉地涨红，心想，自己的态度的确有些地方跟以往有些不同。

"我自己没觉得有什么呀，怎么啦？"

直美露出一脸纳闷的表情，却又说：

"要不要来玩游戏呀？"

"好呀，咱们来玩'抢地盘'吧？"

"嗯！"

于是，大家石头剪刀布分好了组，分成两伙。大家要么抢占敌方地盘，要么被敌方抢占地盘，个个无暇顾及其他，汗流浃背地你追我赶着。

只有直美依然不由自主地把目光投向远处，不时地搜寻着。不知绫子是否在哪里看着自己呢。

还没分出个输赢来，铃声响了。

"啊，热死啦！"

"我身上是不是哪里破啦？刚才好像听见扑哧一声呢！"

大家气喘吁吁地跑回了各自的教室。

这节是音乐课。学生们拿起课本，朝音乐教室走去。途中经过的教室统统静悄悄的，有些来得早的老师已经开始上课了。

音乐教室在校舍的最边上，是后来增建的，屋子明净，十分漂亮。

有不知哪届毕业生捐赠的大大的旧风琴，还有新买的崭新锃亮的钢琴，甚至，那满满当当塞着同学会捐赠的各类乐谱、音乐史书的装饰柜，都是捐赠来的。

可以说，这间教室里几乎每样物品都是毕业生捐赠的……没准，就连教室本身都是通过毕业生捐赠建成的。

这间教室对女校而言，实在太过豪华，使人禁不住要冒出这样的念头。

这间教室一周要来两次——要说这事给她们带来多大的快乐，看看同学们脸上无比柔和的微笑跟去物理教室时的表情截然不同，就能知道了。

很快，老师走了进来。

砰、砰、砰、砰，音阶练习开始了，仿佛一段有规律的舞蹈。

大家起立，啊啊啊啊地反复练唱。接着，开始练歌谱。

"嗯……之前大家读过谱了吧？"

"读啦——！"

"啊，是吗？那就再按谱子唱一遍吧！"

老师比画着漂亮的手势，坐到了钢琴旁边。

大家恨不得马上开始唱歌，老师却总是让大家读谱，读到令人生厌。因而，学会一首歌可能要好几个星期。

终于，谱子唱到老师满意了，也到了要下课的时间……

"今天本来打算唱歌的，还是没做到。不过，一旦大脑牢牢记住谱子，就算自己练习歌曲也能唱啦……那么，唱歌要到下次课了。每个人来唱一遍谱吧？"

老师说着，从讲台上望着台下的同学们。

"那个……跟往年一样,马上就要举行歌咏大会啦。那么,我想我们班就表演这首歌吧。大家可要好好学会哟!"

同学们你看看我,我看看你,点了点头。

"那,森同学!"

直美被点到名字,立刻起身走到钢琴旁。

"拍子加强和渐弱的部分,要注意声音哟。"

直美饱满的歌声洋溢在整间教室里,就连窗外树荫里的小鸟都停止了啁啾,一动不动。

老师也很满意直美的歌声,自在轻松地弹着。

"好,唱得很好……再来一个人唱一遍吧?"

老师看着表,叫着下一个人的名字。

直美一唱完,满腔澎湃瞬间烟消云散了,心情格外地舒畅。她恢复常态,若无其事地把目光投向窗外,却见一年级的学生正在一旁的攀爬架上并排做着器械操。

"呀,刚才完全没留意嘛。"

要是知道,自己肯定会唱得很僵的。不过,没准还会唱得更好呢。

因为,绫子那像往常一样注视大家做操的安静目光此刻正冲着音乐教室的窗口……

只不过,一想到绫子听见自己唱歌,直美就格外开心。她心想，下回遇上，一定要聊几句唱歌的话题了。

只不过，站在一旁孤独地看着别人在架上做操的绫子——听见直美明亮的歌声，会不会也感到悲伤呢？

星期天来了，直美也不想到哪里玩耍。

单是闭门不出，却全没了怨言。

多么不可思议！

先前，一遇上风和日丽的星期天，她可是坐立不安的。

眼下却像换了个人似的，一个人读读书，收拾收拾房间，做做手工。单是做这些，就能感觉格外快活了。

"真奇怪！这是怎么啦？"

直美自言自语道。

就算不到什么地方聊聊天，玩耍一下，也无所谓了，心境总是异常平和。

在她内心仿佛栖息了某样全新的事物，因而每一天都心满意足……

今天，她又在安静地缝制娃娃的衣裳。

"直美，干吗呢？"

清子像往常一样穿过院子走了进来。

"你呢？"

直美静静地抬眼看着清子。

"我？我嘛，星期天早上，当然是去教堂嘛！"

"是呀。"

"讨厌。直美，你这么平静，是怎么啦？"

"嗯。"

直美抬眼笑了起来。

"呀，这布料好漂亮呀！给我看看！"

清子也被娃娃的衣裳吸引过来，

"这是玛丽的礼服？"

直美的娃娃都起了名字，因为清子也常和她一起跟娃娃玩，所以知道每个娃娃的名字。

"是呀。玛丽之前的衣裳实在太老式了，所以给她新做的。"

"这么好的天气，居然给娃娃做衣裳，这做法才太老式了吧？"

"可我只要跟娃娃玩，就完全不用什么零花钱啦！"

"是呀。帽子也给她做一顶吧？"

"你会做？"

"随便做也行？……"

"行呀，只要玛丽戴了合适。"

终于，清子也坐下来，拿起了针线。

盒子里装满了英子姐姐裁剪衣服留下的碎布。

"要不要给领子镶点玻璃纱呀？"

"可以镶一点。要是褶做得太多，就像地藏菩萨的口水布啦！"

半晌，两人都不再说话了，专心地缝着。

很快，玛丽的礼服做好了。帮她换装，也是一种乐趣。

这期间，直美忽然想到，要是能跟绫子一起这样玩娃娃游戏，该有多好！这个念头实在兴奋，使她没法保持沉默了。

"哎，清子！下回咱们来帮娃娃更进一步改善生活吧？"

"改善生活？好像太复杂了吧？这样不就行啦？"

"也没那么复杂。我就是想让娃娃过得更像人一样。"

"衣裳也要每天换？"

"嗯。说不定，还要让她们像英子姐姐一样出嫁呢。"

"啊？"

"嫁到我喜欢的朋友家里……"

听见这话，清子天真地转起眼珠来。她自信自己跟直美是好友，她在想，娃娃会不会嫁到自己家里呢？

"那样，日后不会害得她们像英子姐姐一样在别人家里受委屈吗？"

"不会的。"

直美微微笑道。

然而,清子立刻想起之前直美在英子姐姐家里和盘托出的那番话……那个腿脚不便的少女……于是,她嗫嚅道:

"是给她?"

"我看她好像太孤单啦,所以想把娃娃新娘送给她。"

清子点了点头。直美又像讨好清子似的:

"不过,我也会把一个娃娃嫁到你家里去。"

"呀,不用啦!我住得这么近,随时都能来玩。"

"哦?那我先送给绫子吧。"

"我也来帮你的忙吧!"

接着,两人约好了星期天之前要检查一下娃娃的嫁妆。于是,一面琢磨着该准备些什么,一面把名单写了出来:

夏装即礼服	两件
便装	三件
帽子	两顶
冬装兼圣诞礼服	一件
毛衣	两件
半裙	两条

衬衫	一件
礼服	一件
外套	一件
披肩	两条
帽子	三顶
另需缝制被褥和毛毯	
内衣	三件

"哎，这些就够了吧？"

"要准备这些，可不简单！"

"可是，新做的衣裳也没多少呀，之前都做了一些呢。"

两人作业都忘了写，只顾着迷地翻箱倒柜，要么裁衣裳，要么找装嫁妆的小箱子。

"呀，太忙啦！我都不想吃饭啦。"

"我还要过来帮忙的哟！你可别缝……"

清子说完，恋恋不舍地回去了。暮色之下，还未凋零殆尽的水晶花看似白茫茫一片，樱花也在含苞待放。

学校里，由于歌咏大会就在眼前，大家练歌也投入了起来。

一下雨，体操课便不再使用露天操场，而改成音乐课了。

"又要练歌啦！"

甚至要练到让那些没有资格独唱，也不爱唱歌的学生感觉厌倦。

直美这组是合唱，这首歌有一段要由直美和另外两名学生领唱。

每个班级要唱的遍数大致固定。除了合唱以外还有独唱的学生下课后也要留下来练歌。直美正是其中一分子，根本没法跟绫子碰面。

即使想把信给她，也找不到合适的机会。

刚好这一天，直美的班级一下课，就遇到一年级的学生来音乐教室了。

直美磨蹭着，等她最后一个出去时，换成了走廊上等候的一年级学生鱼贯而入。看见绫子的身影，直美异常大胆，飞快地走到她的身边：

"你今天几点回家？"

绫子很是吃惊，一脸的难为情道：

"……三点。"

"那我们一起吧。你就在教室里等着！"

直美说完这几句，等不及回答便跑开了。虽说胸口咚咚直跳，心情却像卸下沉重的包袱一样，瞬间轻松了……

一向独自回家的直美并非对什么人心怀顾虑，却故意拖延着时间。因为，让同学看见自己跟一年级的绫子一起回家，还是有些不好意思。

要是再熟一点，大家看见了也无所谓，说不定还想主动让人看见呢。可现在还有些不合时宜。

独自留下的直美刚走出教室，见绫子正规规矩矩地站在一年级空荡荡的教室前。她似乎有些提心吊胆，脸上却露出认真的表情……

"你都是一个人？"

"嗯。"

"你坐电车还是巴士？"

"电车。"

"那我今天也坐电车。呀，我来帮你拿这个包裹吧！"

"不用啦。我都习惯啦。"

绫子把拐杖挂到腋下，单手拎起书包和另外的小包裹。

直美近来还不曾坐过电车，颇有些新鲜。

"坐电车这么自在呀，真不错。"

"是呀，而且态度热情。"

"你在哪里下？"

"我在市谷见附下。"

"那我就在见附转车。"

"绕路了吧?抱歉啦。"

"没事。我也想跟你聊几句呢……那个……你喜欢娃娃吗?"

"哦?"

听见直美突然冒出这样一句来,绫子有些迟疑了。

"嗯。从小,娃娃就是我最好的朋友啦。我妈妈也会做娃娃呢!"

"哦,法式洋娃娃?"

"不,是照着戏剧纸样做的。好像刚刚做了蔬菜店的阿七[①]……"

直美心想,既然连她妈妈都喜欢娃娃,还做得那么正规,没准看不上自己家的玛丽呢。

好不容易让她出了嫁,却在别人家一堆漂亮的娃娃里丢人

---

① 《好色五人女》中的角色。蔬菜商店的女儿阿七,因为邻家失火随母亲到寺庙避难而偶遇吉三郎。在寺庙里异室同居的日子里,两个人以书信互诉衷肠,心生爱慕。更在阿七回到自己家后,继续保持着联系。由于阿七异想天开认为失火就可以再见吉三郎的念头,她为自己的行为被官府认定为纵火罪,并处以死刑。

现眼,那玛丽也太可怜了吧?她突然担心起来:

"我是自作主张的……要是你不喜欢,就太遗憾啦!"

"哪里?不管怎样我都好开心!像我这种人,这样开心的事太少啦。"

"哦?我也喜欢娃娃,特别爱。不过,我想把家里一个娃娃送给你,让她嫁到你家里。还给她新做了嫁衣呢。"

"呀!"

绫子那张太过拘谨的脸上掩饰不住喜悦,泪眼汪汪的,仿佛已经收到了直美的礼物。

"很旧啦。可她很温柔。"

绫子默默点了点头。电车已经来到市谷见附车站。

"离这里很近?"

"嗯。"

"好,等嫁妆备好啦,我就让她嫁过去。方便的话,你也可以到我家来玩,我去接你。"

"嗯,我问问妈妈。"

"那,再见啦!"

"啊,我在这里等到你要换的车来吧。"

绫子说完,也陪着她一起等电车。

绫子这样做是想委婉地表示亲密,这一举动也打动了直美。

直美心想，要是绫子不再这么客套，我会对她更热情的。

两人默默地站在正午的街上，虽说只有影子重叠着，心情却安稳宁静。似乎有些刺眼。

很快，直美要坐的电车来了。

第二天一早，直美还是按往常的时间来到学校。户外绿树迎风，晴空如洗。大家都跑出去了，教室里只剩三四个人。她放下书包，正要把教科书放进书桌，手上却碰到一沓纸。直美吃了一惊，忙拿到胸前偷偷打开来看，见上面写着：

老天有眼！

不许绕路！

强扭的瓜不甜！

电车车窗来信

直美一口气读完，猛然燃起怒火，感觉头晕目眩。这究竟是谁干的？

她感觉周围到处都是敌人，冲着教室里怒目而视，

"好吧！我跟绫子交朋友，哪里有错？真希望自己有千里眼、顺风耳！"

一股逆反之情油然而生。直美蹙起眉头，独自跑到运动场上。

她心想，非得揪出这个骚扰别人的凶手不可。

直美跟谁都没有说话。

她走到一组正在跳绳的同班同学跟前，气鼓鼓地问：

"谁在我书桌里恶作剧啦？为啥要惹我不开心呀？我就想知道这个。"

大家不约而同看向了直美，个个表情僵硬。

"哎呀，什么事呀？我都不知道。"

"我也是。"

"是你误会啦！"

大家纷纷嚷着，躲开了。

直美心中油然涌起一股情绪，与其说是怒气，不如说是没来由的悲哀。她紧闭着嘴巴，一直站在原地。

六　歌咏大会

"直美，你在生什么气吗？因为我……？"

清子百无聊赖地坐在那里，一面重新读着早就读完的书，一面轻声问。

"啊，怎么啦？"

直美正紧闭着嘴巴，定定地盯着院落一角，忽然意识到什么似的，脸色柔和了下来。

"因为你不开口，一直闭着嘴呀！"

"我不是一直都说得不多吗？"

"可我觉得你比平常严肃。"

"哟，清子，你好讨厌呀！"

直美笑道。她心想，心情果然可以表现在脸上呀。

在学校里，自从发生了那次"塞信事件"以来，直美就不大跟班上的同学玩了。

想到班里必然有一个写了那封骚扰信的人，只觉得整个班级都是敌人。

这样的日子，已经持续了一个星期。

这股愤恨之情连清子都察觉到了。

清子既然有所察觉，直美反而可以放心地当她是自己人了。她很想和盘托出，跟清子分享自己的愤恨。

"对啦，清子，你们班多少人呀？"

"嗯……按规定是50人。不过，有退学的和转学的，现在是46人。"

"你跟班里同学要好吗？"

"嗯。"清子有些奇怪地看着直美，"倒没什么特别的。只不过，当中也有些讨厌的家伙，总是一见到就烦。"

"是呀，就是嘛！我觉得，那才是当然的嘛，那些说什么跟谁都不错，跟谁都是好友的人，是说谎。就算没说谎，我也讨厌那种人。我对讨厌的人会毫不客气地摆出讨厌的架势来！"

直美突然起了劲，一口气说出这些话来。清子见直美的眼神激烈到以往不曾有过，颇有些吃惊。

"发生了什么吧？你跟往常可不一样哟。"

"嗯，是呀。"

直美有些害羞道：

"可以说是发生了吧。我们班里有个家伙做了件很卑鄙的事。可她究竟是谁，我找不到线索，所以才格外沮丧。要是知道是谁干的，就压根不当一回事啦。"

"你怎么啦？到底……"

"我之前也提过的吧？那个腿脚不便、可怜的绫子……有一次，我送她回家啦。结果，第二天发现书桌里塞了一封骚扰信，说什么'不许绕路'啦，'强扭的瓜不甜'啦。"

"没有署名？"

"当然啦。"

直美径直地抬起头来：

"我一点也不觉得自己做的事见不得人。所以并不在乎，可一想到居然有人做那种事惹我生气，自己开心，我就不甘。为什么要做那种事呢？"

"讨厌！那干吗这样冲我发火呀？"

清子笑道：

"绫子，长得很漂亮吧？"

一夸起绫子，直美脸上自然地发烫起来，仿佛绫子就在眼前……

"说不定，你们班上有人很想跟绫子交朋友呢？"

"会吗……"

直美有些出其不意，愣了一下：

"那不是挺好的吗？我也压根没想过要独占绫子呀。"

"就是这一点你敏感啦！人家跟她交朋友比你晚，也会不甘心的吧？所以才把火发到你身上的。"

清子一副无所不知的架势得意道：

"一定是这么回事！我猜，当事人也没有别的办法报仇雪恨啦，就想着做点那样的恶作剧也是你活该。"

"哦？那这人多可怜呀！明明可以堂堂正正地直接来嘛。一定是太胆小了吧？"

"是呀，就是嘛。所以说，直美，不要把全班当成敌人，更应当同情当事人嘛……你才是赢家——敢说出这种骄傲的话，才幸福哟。"

"幸福，是要伴随争吵和战争吧？"

"是呀。总不可能睡着时，天降幸福吧？"

"既然那样，随便啦！"

直美似乎下定决心，要跟什么问题斗争到底，于是又恢复了往日的快活。两人复习起功课来。

全校师生期盼已久的歌咏大会的日子来了……

各间教室里的窗帘洗得雪白，校园里的除草也完成——整个学校里里外外清新无比，仿佛正享受着夏日。

当天除了举行歌咏大会，还有家长会。因而，同学们也感觉格外隆重。

那些平日里成绩不佳或是在家里称王称霸的同学，相当害怕这一天。

因为，老师和妈妈没准会凑到一起大聊自己的毛病。那样一来，被批评的同学会更感觉雪上加霜了。

"森同学，你家里人参加吗？"

"是呀。"

"谁来呢？"

这种时候，直美内心感触最深的，就是没有妈妈这一点。看见朋友和妈妈一起跟老师开心地聊天，总觉得人家在故意向自己炫耀似的。

"家里人？我家里是姐姐来呀。"

今年还是英子姐姐代妈妈参加，直美不知有多么自豪！

原本以为英子姐姐已经出嫁，今年不能来了，所以她都打算放弃了……

只不过，无论如何希望姐姐听听直美在歌咏大会上的独唱，还有绫子的独唱。所以，她发了邀请信过去。谁知英子姐姐很快回信说，愿意参加。

姐姐真好！英子姐姐永远是直美的姐姐，也是直美的妈妈……

学校前台那里是礼仪老师和四五个高年级的同学——有系着花丝带负责引导的，有负责礼堂的，全是高年级的学姐，带着几分装腔作势，煞是有趣。

直美等人纷纷听话地待在各自的教室里，等着轮到自己。

只不过，一见自己妈妈找到教室来，学生本人便要兴高采烈地跑出去，在校园里骄傲地转来转去。

眼下，一年级A班刚刚唱完——接下来就是绫子他们班了，还有绫子的独唱呢。

直美心想，英子姐姐快点来该多好。她在教室里进进出出，坐立不安。

一个从洗手间回来的同学说：

"森同学，刚才你姐姐来啦！真是鹤立鸡群呀。"

"呀，是吗？"

直美兴奋地冲了出去。

前台那里，英子姐姐正在高年级的同学们簇拥下，准备走进礼堂。

她一身清凉的轻罗碎花和服，配着轻罗筒带——烫过的秀发用发乳梳得整整齐齐，宛若用清水梳成的一般，清新异常。

多么优美动人的主妇模样！

"姐姐——！"

直美在走廊背阴处追上了姐姐。

"哟！还没轮到你呀？"

"再下一个就是啦！"

"太好啦，居然赶上啦！"

"嗯，那个……下一个就是绫子啦！就是那个上回跟你说过的绫子。你可要好好看一看哟！"

"嗯，那我可要看一看、听一听。"

"还有，回头你到教室来一趟吧！"

"到教室？"

"嗯，我想跟大家炫耀一下姐姐。"

"哟，阿美，好讨厌呀，居然这么说。"

"人家都是炫耀妈妈的嘛！"

英子姐姐一惊，又温柔地点了点头：

"嗯，结束了我马上过去。"

说着，她像被迫不及待的学姐们绑架了似的走进礼堂。

同学们热烈地鼓掌欢迎——然而，绫子出现在台上。眼见她手拄拐杖站在那里这一令人心痛的场面，全场有半晌鸦雀无声。紧接着,是比之前还要热烈的掌声。

直美的心扑通扑通直跳,反倒有些坐立不安起来。她想回到教室去,正蹑手蹑脚走着,忽然看见一位美丽的女士被人匆匆带往礼堂。

那眼神感觉格外娴静,纤细的腰身落落大方——好像跟绫子有些相似,直美猛地停下了脚步。

难不成,是绫子的妈妈?

"妈妈!"

直美险些情不自禁地喊出声来,却只是一动不动目送着她的背影远去了。单是这样,她的眼底已经有些湿润。

"森同学好!真像妈妈们开展览会呀!"

一名同学一面冲直美说着,一面稀罕地欣赏妈妈们一个个走过。

终于,轮到高年级同学演唱了,前台处空了下来。于是,直美坐下来,目送着那些年轻的妈妈、年长的妈妈。

说是家长会[①],却少有父亲或哥哥前来参加,多半是妈妈出席。这里既然是女校,自然更是如此了。事实上,称之为"妈妈会"应当更贴切些。

---

①日文的说法为"父兄会"。

偶尔也有一两个前来参加的父亲或是兄长,反倒都有些不自在。

"哟,那个家长,好漂亮呀!"听见有人低语,直美把视线转了过去,却见刚才那位优雅的妇人正跟绫子并肩行走。

"啊,果然是呀!"

直美真心感到喜悦,果然是自己想的那样。她禁不住觉得,这便是自己足够了解绫子的证明……

直美在心中喊着,都不看我一眼?正盯着两人看,却见绫子回过头来。

紧接着,见她脸颊微微泛红,含笑走到近旁来了:

"你在这里?嗯……我妈妈说,想见见你……"

"呀!可我有点窘呀。"

关键时刻,直美退却了。绫子却毫不在意,挥手招呼着妈妈。

她妈妈微微笑着,浓眉底下的双眼和善地睁大,向直美点头行礼。

直美有些慌了,郑重其事地还了礼。

绫子有这么好的妈妈,实在惹人羡慕。

"绫子一直受你关照,我真的很欣慰。"

她妈妈说着,又亲切地行了个礼。

直美脸蛋涨得通红，不停地低头还着礼。

"妈妈，这种点头游戏，也太无聊啦！"

绫子扑哧一下笑了。

"呀，直美都窘啦！"

"下回请你到我家里做一回客吧！因为绫子的腿这个样子，她也没有朋友，老是关在家里不出门。"

她平静地说完，又看着直美：

"不过，这段时间，多亏了你，她精神多啦！老是提到你们的事。"

听见这话，直美心灵深处回荡起了喜悦。绫子则像秘密被人发现的孩子似的：

"行啦，够啦，妈妈！"

她伸手捂住妈妈的嘴……

同班同学都有些吃惊，又有些羡慕地被这一场面吸引了注意。

这时，啪嗒啪嗒跑下一个人来，

"刚刚，歌咏大会结束啦……客人会一窝蜂涌到这里来，老师嘱咐大家不要大意哟！"

没多时，看见妈妈们手持扇子走到各条走廊上来了。

遇见熟人的妈妈们停下来互相打着招呼，初次见面的同班妈妈们也亲切地聊起孩子们的话题。

妈妈们既热闹,又开朗,个个喜笑颜开……

学生们则个个心惊胆战,生怕平日的缺点被大肆宣扬,今天一反常态地监督起妈妈们来。

"直美,你姐姐最漂亮啦!简直鹤立鸡群呀。"

"呀,哪里啦。"

"学姐们都轰动啦,正跟着她到处走呢!"

直美吃了一惊:

"姐姐在哪里呢?"

"好像正找你呢!"

停下脚步的绫子听见这话。

"呀,你姐姐来啦?"

她眼里闪着光。

"是呀,回头介绍给你。"

"太开心啦!"

说着,绫子的妈妈和直美等人看见姐姐就在对面走廊上,仿佛正被人流推着似的往前迈步。

"啊,不好意思!"

直美拨开人墙,冲到英子姐姐身边。

"呀,我正找你呢!唱得太好啦!"

直美一副顾不上聊什么唱歌的语气飞快道：

"那个……姐姐，绫子的妈妈来啦！还跟我打了招呼，我都不知该怎么办呀。姐姐，你再帮我行个礼吧！"

"你这孩子讨厌，连行礼都不会啦？"

"不是，人家都行过头啦！"

"那不就行啦？"

"她妈妈人特别好呢！"

直美使劲拉着姐姐走了过来，见绫子她们正等在理科教室门前。

接着，双方初次见面，打过了招呼。英子姐姐实在太惹眼了，直美忍不住感叹不已。

果然——绫子的妈妈和英子姐姐一眼就喜欢上了对方。

两人已经丢开直美和绫子，细致地聊起什么来了。

直美和绫子不时心满意足地对视一眼，默默地站在一旁。

要说，妈妈和姐姐这份"公认的友情"——就算全班同学都来捉弄自己，也无所谓了。

这四人各具各的美，同学和其他妈妈都被吸引了目光，一个个频频回着头，走过去了。

直美的心情也越发骄傲起来——好想让大家都看一眼这个胜过无数妈妈的英子姐姐。

绫子也微微笑着,恨不得一直这样。她对直美悄悄低语道:

"这么好的日子,真希望太阳不会落山呀!"

出梅之后的暑热日子才持续没多久,转眼到了盂兰盆节。

今年,父亲和直美、阿松三个人一起迎接母亲的亡灵回归故里。

"英子一定会回来吧?"

父亲说着,拎起盂兰盆节的灯笼。

"哎,爸爸,要是新娘也能像阿松一样有回乡假就好啦!"

"回娘家吗?"

"嗯,住上一晚……"

"那可不行。新娘跟女佣可不一样,她都是人家的人啦。除了嫁过去的家以外,再没有家啦!可不能丢下要紧的家人回来过夜,人家还得迎接婆家的佛嘛。"

"哎哟,不至于啦!就是回自己的娘家来,迎接自己的亲妈妈嘛。"

"哦?那就跟你姐夫说一声吧。"

"嗯!我来写封像样的信吧!"

于是，当天晚上，直美写给英子姐姐的信是这样的：

姐姐：

　　前两天多谢姐姐啦！绫子也非常开心，说了十来次让我跟你带好呢。今年又到迎接妈妈亡灵回归的盂兰盆节啦。

　　妈妈要回家里来，到时要是姐姐不在，一定会很失望吧。

　　请姐姐回来住上一晚，跟我一起迎接妈妈的亡灵吧。

　　这封信，拿给姐夫看也没事。说不定，不用我说，姐姐也会给姐夫看的吧。

　　昨天已经彻底准备好盂兰盆节啦。清子家送来好多新鲜的蔬菜。姐姐挑的布料，阿松已经欢欢喜喜做成衣裳啦。要是姐姐回来，我想让阿松休假回乡。我也会替阿松拼命地干活，招待姐姐。

　　对啦，学校还有五天就放假啦。放了假，我还要跟清子一起读姐姐的《花儿日记》呢。"姐姐的座椅"里的那些地丁花也不知怎样啦。

　　暑假计划我也有好多要跟姐姐商量的呢。请姐姐一定一定要回来哟！不住上一晚，绝对不行哟！爸爸也在盼着呢。

  我也是，阿松也是。

  最重要的，还是妈妈的亡灵回归哟……

  最后，问姐夫好。

  看了我的信，姐姐也要好好想想办法，让人家答应你回来哟！

  写完了信，直美问：

  "怎么样，爸爸？"

  正摊开报纸读报的父亲扶了扶眼镜：

  "这样要是还不让你姐姐回来，你姐夫可要被恨死咯！连妈妈都被你利用了，就是封威胁信嘛。"

  直美认定了姐姐一定会回来，立刻在家中四处忙活起来。

  没想到，姐姐来得比回信还要早。

  放学一回来，直美感觉阿松的说话声音和往常大不一样了：

  "回来啦！好热吧？"

  紧接着，看见换过浴衣的姐姐手持团扇走了出来。

  "呀！姐姐都来啦？啊，太棒啦！"

  直美赶紧摘掉帽子，脱去上衣，只穿一件内衣，跑进浴室里冲汗水。

因为，姐姐刚刚洗完澡，那副清凉的模样实在太美了，自己却被汗水浸得通红，着实丢人……

难道说，漂亮的人都不会流汗？

还是说，一旦出了嫁，个个面孔都会变成那样清凉白皙？

直美身穿短连衣裙，有些害羞地走到茶室里。想起那封信，她有些不好意思了……

"好热吧？来吃点！"

姐姐仿佛始终待在自家一样，从容道。

桌上摆着冰镇的水蜜桃和荣太楼的甜纳豆。直美立刻吃了起来。姐姐不单态度像当初在家里时一样，并且，还没忘记荣太楼的甜纳豆，她感到欣喜。

"我带礼物来了哟！"

姐姐静静地起身，打开房间一角的包袱。

"我只要姐姐回来，就心满意足啦。用不着什么礼物啦！"

"还说这话呀？要是不带来，你还不得跟我要？"

给直美的，是一件雪白的衣裳，上面带着法式刺绣。还有与之相配的雪白的宽檐帽，和一本植物辞典。

给爸爸的，是一根紫竹手杖。

她听说，健忘的爸爸有一天散完步回家时，把手杖忘在电车上了，而且，一个星期都忘了丢手杖这事，之后再去散步时才发现。打那以来，爸爸都没有手杖用了。

灵前摆着甜纳豆和水果。送给阿松的，是一把阳伞。

姐姐面面俱到，选了每个人喜爱的礼物，着实让人佩服。

"姐夫怎么说的呀？"

"他说，害怕被你恨了遭报应嘛！"

"呀，讨厌！那不如当真给他看看我的法力吧？"

"明天傍晚他就来啦。"

"哦？肯定是来接姐姐的吧？"

"胡说，人家是来看直美脸色的哟。"

"好呀，那就给他看看呗……"

"哟，还这么霸道呀。人家说啦，想看看那位大作家的脸长什么样子哟！"

"对啦，前两天那个绫子，人很好，对吧？"

"没错，真是个再合适不过的朋友啦。"

"不只是朋友呢！"

"呀，是吗？……那抱歉啦。"

"她妈妈人也很好，对吧？"

"嗯，她妈妈，我好喜欢！"

"她还说，下回送娃娃给我呢。"

"哟，是吗？连这种事都约好啦？"

"因为……"

"那，阿美，你送给绫子什么啦？"

"不，还没送呢。放了暑假再送给她。"

"说到暑假，今年我们要去北条度假哟。爸爸说啦，他要跟妈妈两个人待在东京的大房子里自在一阵。"

"呀，好新潮嘛！"

"你说的是爸爸他们吧？……他们说啦，把子女打发出去，自己留下轻松一阵，要比到那些避暑胜地里不自在地度假更舒心。所以说，等桃子一放假，我们立刻出发。不过呢，你姐夫还有工作嘛，最多也就待十天。剩下就是桃子、阿武和奶妈啦——对啦，亲戚没准会去。所以，你姐夫说啦，方便的话，叫直美一起去吧。明天一定会聊到这事的。"

"可是，姐姐不在，没意思呀！"

"十天左右还是在的。既然这样，回头星期六、星期天我也去一下嘛。"

"可，桃子，我有点……"

"对啦，有件好事哟！要是清子愿意，约她一起吧？"

"啊，那也行吗？那我去！"

直美神气十足地说完。

"可是,绫子呢?绫子怎么办?她腿脚不便,要去看海……"

直美陷入一阵沉思。绫子的身影浮现在她心头……

七　夏日海滨

"绫子,你喜欢大海吗?"

直美在姐姐的邀请下,大致定好了暑假快乐的度假方式。假如有可能,她还想约绫子一道去北条的海边。于是,放学路上,她向绫子发问了。

"嗯,我喜欢大海。可我只能看海……不能海水浴。"

的确如此。对腿脚有疾的绫子来说,穿上暴露体形的泳装,应当比死还难受吧?

直美意识到自己的话太过残忍,于是心痛道:

"暑假你打算到哪里去吗?"

"通常哪里也不去。基本上整个假期都在妈妈的老家。"

"哇,这么好!你外婆还在呀?"

"嗯,八十岁啦,耳朵也聋啦!所以跟外婆说话,嗓子要喊到痛才行。不过,我很爱外婆。她胖胖的,总是笑眯眯的……"

"真好呀，你妈妈和外婆身体都健康……"

直美有些羡慕地说。可她立刻意识到，自己还有个比谁都爱我的姐姐呢，不该羡慕别人。

绫子则一脸羡慕地说起直美来：

"可是，你有那么棒的姐姐呢！我就想要个姐姐。"

莫非人人都觉得别人好？

绫子的话语着实天真，似乎讲出了长期以来心中所想……听见这话，直美却在心中默念：

"要不要把我当成你的姐姐呢？"

接着，她自己红着脸道：

"对啦，下回还想让你看看我姐姐英子上女校时写的日记呢。"

"哇！"

绫子两眼放出光来。

"日记里写了姐姐的姐姐。"

"你还有个大姐姐？"

"不。那个姐姐……跟我的亲生姐姐不是一回事。"

直美的心扑通扑通直跳：

"英子姐姐很早就代替过世的妈妈照顾我啦。她总是护着我，甚至连自己都忘啦。可是，姐姐少女时代过着这种妈妈一样的生活，也常常感觉孤单……她自己应当也希望有个姐姐。后来，不知什么时候，那个她向往的姐姐就在学校里出现啦。也就是说，虽说那是个假的姐姐，其实并不假。这句话，你能明白吗？"

绫子默默地听着，突然，表情一本正经道：

"我明白。假的只是形式，只要在心里当她是真的姐姐，就……"

直美听见这话，忽然一下子清醒了，原来绫子早已是个思想如此深沉的少女。

在绫子面前不论倾诉什么，她都能理解。想到这里，她立刻打起了精神。

可要是突然说出一句"咱俩做姐妹吧"，似乎有些唐突。就算不讲出口，只要自己把绫子当妹妹看，说不定绫子也会主动喊自己姐姐呢。在遇到这种自然而然的机会之前，还是要把那个念头藏起来。

就这样，直美在心中暗暗下了决心。

"你妈妈老家在哪里？"

"在乡下。小田原一个叫松田的地方。"

"山里？"

"嗯，在山里。离小田原约有二里路吧。我小时候，都是坐人力车，在山野小路上晃悠回去的。"

"你有老家，老家还有外婆——真好！这两样我都没有。话说回来，今年夏天我要跟英子姐姐一起去度假啦，到北条的姐姐家。"

"整个暑假？"

"差不多吧……我还打算方便的话，约你一起呢。只不过，松田老家那边还在等你回家，一定等得迫不及待了吧？"

绫子有些迟疑地笑着：

"我嘛，腿脚不好，要跟太多人相处，实在辛苦。绝对不是闹别扭哟！"

直美眼里浮起一丝安慰之情：

"我明白你的心情……只不过，要是你能再任性一点，我才开心呢。因为，你实在太客气啦。"

聊着聊着，电车已经来到绫子要下车的车站。

回过神来才发现，这个时间车上居然空空荡荡的，也没什么人听两人聊天……

"那，放假的事，回头再商量吧！考试也结束啦，我每天都在给娃娃做衣裳，过两天带给你。"

绫子欢喜地微笑道：

"我妈妈也是一样,好想早点做好了送给你呢!"

炙热的阳光中,两人站在行道树荫底下,等着直美换乘的电车来。

"只不过,恐怕你要到山里度假,我要去海边度假啦!"

英子姐姐寄来了明信片:

直美:

 二十三号就要出发去北条啦!还有,定好了一直待在那里哟。当天我们一道出发,你要准备好行李,还要告诉清子。十点前,我去接你们。

英子

直美抓起明信片,冲到清子家里。

"清子,在吗?"

"怎么啦?"

清子只穿了一条衬裙,从窗口探出头来。

"等一下,我还在自己临时缝件衣裳呢!"

"不得了啦!那个……二十三号就要出发哟!"

"谁呀?"

"你忘啦?咱们呀!英子姐姐不是喊我们了吗?"

"呀!哦,是呀!"

清子也赶紧套上连衣裙,走到院子里来。

"定好啦?"

"是呀,刚刚接到姐姐的消息。你能去吧?"

"嗯,妈妈答应啦。只不过,她说,会不会给姐姐家里添麻烦呀?"

"要是麻烦,就不喊你啦!嗯……清子,你有泳衣吗?"

"有是有,不过可能已经小了吧。要是定好了去度假,妈妈会帮我买的。"

"我的也很旧,都破啦!本来应该要姐姐帮我挑的,可这也太急啦。"

一旦定好了去度假,两人都开始担心起泳衣、帽子等要携带的物品来。

"是明天,哦,后天……对吧?明天无论如何都得准备齐呀!"

两人脑门对脑门,商量着要带哪些东西去,忽然冒出一个好点子来——

"对啦!咱俩一起去买,不就行啦?"

"哎呀,是呀,去哪里买呢?"

"我家里嘛，英子姐姐都是去三越。到那里买，跟经理认识。"

"哦？我们家，应当是去松屋……"

"那我们要不要两边都看看，哪里好，买哪里的？咱们一起让他们记账不就行啦？"

"是呀。不过，自己去买东西，我还是头一回呢，真高兴！"

"我也是……"

自己去买东西这事，真让人快活，好像一下子长大了似的，甚至等不及明天了。

接着，两人又商量了学习用品和衣物。

"你们那边有作业吗？"

"有一本英文书写练习、一篇英语作文、三张图画、一篇作文，剩下就是自由日记啦。"

"好多呀！我们可没那么多。就是五张图画、一篇作文、三张习字，还有复习整个学期的国语和数学。另外，还要讲讲假期里特别研究的东西——我嘛，没办法啦，捡点贝壳回去吧。"

"真不易。别忘了，咱们还有个共同任务哟！"

清子盯着直美道。

"嗯，知道啦！"

直美也点了点头。

回到家中，阿松正沐浴在夕阳下往地面洒水，直美也赤着脚活泼地帮起忙来。

第二天一大早两人就出门了，等着百货商店开门。

海水浴用品专柜里，立着几个身穿时髦泳衣的塑料模特。

可惜，两人都不爱赶时髦。于是，在那些乱七八糟堆成小山一样的商品里来回翻找，各自挑选着喜爱的颜色。

直美选了大红、纯色、背后开口相当大的款式，清子则选了橘色底配圆点图案的款式——帽子也选了配套的黄色。

两人又从日本桥走到银座，顺便进文具店买了好多稿纸和图画纸。

这样准备妥当，似乎感觉画稿和作文也能一下子完成了。

"要画三张画稿出来，究竟得浪费几张纸呢？"

"英语作文你姐姐不是很拿手吗？太好啦，可以让她帮我看看……"

"还要帮我捡点贝壳哟！听说一大早到海滩上，有很漂亮的贝壳呢。我姐姐也喜欢樱花贝。"

"北条那里的海浪大吗？"

"不会吧。没有镰仓的海面宁静？不过，听说也不像镰仓那样热闹，很舒服。因为，大多数是当地人和去住别墅的人。"

"你姐姐也会游泳吧？"

"啊，说起这事来，简直等不及明天啦！"

午后，直美叫上清子，两人把要带的东西收进包里。

"日常穿的衣裳四件左右够了吧？"

"礼服，需要吗？"

"要的吧？英子姐姐一定会带我们到别处去玩的。"

"礼服带两件，内衣全部带去。鞋子呢？"

"鞋子只要穿一双过去，之后踩木屐就行了吧？对啦，对啦，浴衣要不要也带过去呀？"

"傍晚散步时，咱们穿上吧。"

"还有扑克牌！"

"这本珍贵的《花儿日记》也不能忘了哟！"

阿松熟练地帮两人把分拣出的各样物品塞进包里：

"这下我可有段时间孤单啦！小姐们不在家……"

"还说这话？我不在，你也可以放个舒服的暑假啦！"

"你们不在期间，我把被子彻底翻新一下吧。"

"还有，那盆绿植，忘了浇水可不行哟！"

一桩桩一件件，着实快活。

真没想到，又能到英子姐姐身边生活一回。

直美不禁感觉，跟回到妈妈老家的绫子每天在山海之间通信，这样的暑假比在一起度假更有一种别样故事般的快乐。

下午四点左右，抵达北条。

英子姐姐身穿飞白花纹的上等麻布衣裳，桃子则穿着姐姐亲手缝制的蓝色衣裳。

起初直美觉得桃子有些碍事，可在火车上聊着聊着，渐渐发现原来她也是个性格干脆的人。

清子虽说和她不同班，学校却是同一个，因此很快便混熟了。

三人各自心怀不安，对接下来要在一个屋檐下围着英子姐姐度假顾虑多多。并且，这事还得当心，不能脱口而出……

"哟，清子的个子最高嘛！阿美第二。桃子也要多吃点，多跑跑跳跳，回家前长高点哟！"

"姐姐还是把我当小孩子嘛！"

桃子故意鼓起了脸颊，内心却似乎异常高兴……

"只不过，不光是桃子哟！打今天起，大家都是我的孩子。你们都是妈妈认真托付给我的哟！"

听见英子姐姐这样说，三个人互瞟了一眼，微微笑了。

晚饭前,三个人恨不得马上到海边去。

英子姐姐却跟奶奶一起专心地收拾行李,打扫着房间。直美有些急不可耐了:

"哎,姐姐!我们想到海边玩,回头我们三个来打扫。你也一起去吧!"

姐姐那张微微出汗的脸冲向她道:

"这会儿嘛,我还得跟奶奶一起准备今晚的晚餐呢……是呀,你们三个去吧!只不过,只能散步而已。准备完了,我再散步过去接你们。"

直美赶紧带头跑到旅行包旁,大家各自换上玩耍的衣裳。

这间出租的别墅坐落在距海岸稍远的松树林里,院落的地面全是沙砾,开满了打碗花。矮篱笆墙外的路上,披着斗篷或长袍的人三三两两地走过。

"哇,看天上那朵云!"

"海边的颜色嘛!真明媚!"

"好像感觉比镰仓逗子的海浪大哟。"

"不是因为石头太多?"

"海水的颜色也不一样。"

"直美,你会游泳吗?"

"不会呀!"

直美断然答道,仿佛以不会游泳为荣似的。

清子和桃子只觉有些好笑,两人都笑了。

"算啦,反正我不会游嘛!"

直美干脆闹起情绪来。

直美在海岸上一字排开的打靶、滚珠、"塌下来"①游戏摊前停下了脚步,看着别人玩,心情似乎平复了一些。

"要是姐夫来了,咱们要不要也玩玩'塌下来'?感觉哗啦啦全部塌下来那一瞬,心里也会很舒畅的。"

"是呀。我这种人就爱生气,总觉得,那样砸塌下来,心情一定很畅快吧!"

"那咱们三个以后要是生气了,就赶紧跑到海边来玩这个吧?那样我想就用不着吵架了嘛。"

"可是,突然要发脾气,就算跑到这里也来不及呀。"

于是,桃子一本正经道:

"那干脆在后院摆个这玩意怎么样?"

"那也可以。只不过,一个人玩,肯定还是没意思嘛。总得让谁看见自己砸塌了才行。"

"哟,瞧这些爱生气的家伙,多麻烦呀!"

---

①一种用石子把层层垒起的物品砸塌的游戏。

聊着聊着,三个人很快亲密起来。不知不觉搭起肩,走在海滨的沙滩上。

海滨的落日把少女们的脸颊映成金色,色彩相同的天空则格外辽阔……

多么清爽耀眼的早晨!

推开窗,松树的叶子闪闪发光。蝉鸣声声,涛声阵阵,海风清凉。

一张蚊帐里睡了四个人——英子姐姐在最左边,紧接着,依次是桃子、直美和清子。

在三人还没留意到的时候,姐姐的床上已经没人了。

三人赶紧争先恐后地跳出蚊帐,换好衣服,你追我赶地冲向井畔。

姐姐正绕开打碗花,打扫着沙地。

"早呀!看来大家都睡得很好嘛!"

今天早上,英子姐姐又身穿雪白的衣裳,像个女学生一样青春活泼。

好看的人,穿什么都好看——真是有福气呀,三个人深深感叹道。

"吃早饭前,你们做一下广播体操吧!"

"做操？必须做？"

"做做吧！我还不太会呢，做给我看看嘛。"

三个人都有些难为情，不知如何是好。这时，里屋传来了广播里的声音：

"各位听众，锻炼身心的夏天到了。让我们迎接朝气蓬勃的清晨……"

听见江木主播那富有特色的嗓音——三个人赤着脚，站在沙滩上，沐浴在朝阳底下，做起广播体操来，动作整齐而优美。

英子姐姐和奶奶一面做着厨房的活计，一面忙不迭地看着。

很快，三个人的脸都红扑扑的。

"给我来点水！"

"我也要！"

三个人在井畔洗过了脚，来到檐廊上。日光模糊的檐廊上，飘着早餐清新的香气。黄瓜、西红柿、鸡蛋、烤海苔——岸边的空气仿佛有种特别的力量，使人感觉饥肠辘辘。

"大家一起吃，真是香呀！"

姐姐也像找到借口一样，吃起第三个来。

早饭后，到了三人做功课的时间。

正中间最凉爽的屋子用作书房。不知何时,花瓶里还插了瞿麦。

"好啦,先从什么开始呢?"

"就算是自习,也要定个时间表,那样每天才平均吧?"

"是呀!今天是自习第一天,咱们来定个时间表吧!"

三人你一言我一语地琢磨起时间表来,这可比学习有趣多了。只可惜,被姐姐批评了,三个人又削起了铅笔。

英子姐姐也在茶室里写着信。

今天又是个大晴天,能听见外面路上扰攘的人声。真恨不得赶紧到海边去!

等不及到十点了。

"好啦,姐姐,咱们走吧!快点,快点!"

两个人扛起全新的海滩遮阳伞,姐姐拿着麦茶和书籍,在耀眼的阳光下闪闪发亮的沙滩上走着。

大家四处物色着适合插伞的地方,最后为了发火时方便,索性选在"塌下来"游戏摊前。三人吃吃地笑了起来。

"怎么啦?"

姐姐问。她们却依然止不住笑,没法跟她解释清楚。

姐姐一个人来回转悠着,一脸的莫名其妙,因而越发好笑了。

新泳衣初次下水的感觉——三人手牵着手，从腿到身上……海水微微浸湿了身体，三人互相追逐着。最后，一起浸入水中，海水漫过脖子。

清子和桃子似乎都不大擅长游泳，今天先学着漂在水上，练一下漂浮。

直美很害怕，一直不敢。

"啊，原来如此。我忘了带救生圈啦！"

直美跑回到姐姐那里：

"我回来拿救生圈啦！"

一进院子，看见奶妈在除草。

"哎呀，奶妈，那些花最好不要除掉！"

"这是杂草，到处长，没办法嘛……"

"可是，那些花，姐姐喜欢呀。就算是草，只要花开得好看，让它长去，不就行啦？"

"这样啊？"

奶妈有些吃惊，于是作罢了。

直美擦干了脚，走进屋里，突然很想给绫子写封信。

"我还玩得这么开心，绫子，对不起啦！"

她自言自语道。

要是有清子和桃子在一旁，她会感到难为情，也没法写信的。

想到这里，她怀着一股偷偷做坏事的内疚心理迟疑着，悄悄地坐到桌前。没有什么人看见吧？

绫子：

你好吗？我现在一个人刚从海边回来，正悄悄地给你写信呢。

海边又明媚又快活。清子和桃子人都很好，真是难得！这段时间，我姐姐会暂时承担我们三个的妈妈义务，真不容易。我们三个太淘气啦！

之前跟你提过的英子姐姐的日记，我想趁今年暑假好好整理一下。这事我不想让姐姐知道，所以还得煞费苦心呢。

请你告诉我一些山里的消息。

一定开了好多花吧？

直美　于海边

直美匆匆写完了信，正犹豫信封选白的还是粉的？淡紫的嘛，也喜欢……猛然间，感觉背后好像有人。

"怎么啦，直美？"

一回头，看见英子姐姐关切地站在那里。

"没什么呀！"

直美好不容易才说出这句话来，声音不到平时的一半。

"想家啦？你想回家，回到爸爸身边啦？"

毫不知情的姐姐温柔地注视着直美。

直美这才拿起信来：

"才不是呢！我不过想给绫子写封信嘛。"

"这孩子，真要不得。"

姐姐说着，把手搭到直美肩上，忽然眼神格外认真起来，仿佛在追寻遥远的梦，却又立刻露出笑容：

"干脆，咱们集体给她写封信吧？"

"不要！"

"哟，为什么呀？"

"要是姐姐自己给她写，那倒可以。"

"哦？直美好讨厌哟，真是的。"

接着，直美封好了信，钻到姐姐的阳伞底下，怀着一丝希望姐姐责备几句的撒娇心理，回到海边去了。

八 《花儿日记》

×月×日

我该有多马虎呀！就因为不爱做针线，今天我把针线工具彻底忘记带来了。到了学校以后才发现，正发愁怎么办呢，玩游戏时刚好遇到姐姐了。虽说有点难为情，我还是把这事告诉了她。她笑着说，帮我想想办法。

下一节课间休息时，她特地跑到我这里来，还带了漂白布和针、线过来。她说，你也缝一件贴身衣裳吧。真是谢天谢地呀！因为，针线课老师认真得要死，忘了带工具的学生，分数会被她毫不客气地扣光了呢。

直美读着《花儿日记》里这一段话，觉得实在好笑，索性把日记本搁到一边，在椅子上捧腹大笑起来。

"哟，怎么啦？"

"耍赖！你自己笑什么呢？"

清子和桃子凑了过来。

"哎呀，你们读读看咯！英子姐姐原来也有这样的时候。"

两人都争着看起了《花儿日记》。

"我放心啦！原来在我们这样的年纪，谁都讨厌做针线呀。做讨厌的事，简直是虐待嘛！"

"原来，就连英子姐姐这样多少年才出一个的优等生，也是这样嘛！"

"所以说，等长大了，自然懂道理了嘛。眼下就算针线课零分，也不怕啦！"

"你们也用不着这么拿针线课当敌人吧？"

直美整理起日记本后续的部分。

擅长画画的清子则在一旁专心地画着要夹到《花儿日记》里的花朵。

唯独桃子还在不情不愿地做着早上剩下的功课。

×月×日

值完了日，到洗手间洗手时，遇到学姐正往花瓶里插花。因为实在太美，我看得着了迷。

结果，学姐随手送了我两三枝，说：

"给你一枝吧！这是要送到值班老师屋里的……"

走到走廊时，看见姐姐从楼梯上下来。看到我的花，她说：

"好美呀！"

收了别人送我的花，我有些不好意思。于是，就讲了刚才的事，姐姐微笑着说：

"那，应当是喜代子吧？她是个很有趣，很好的人哟！因为你太可爱了，她才把花送给你的。遇到这种情况，我也说不定会把花送给别人哟。"

我感觉既有点开心，又有点难过。

因为，我不喜欢姐姐送花给别的少女。我的想法，是不是太自私啦？

可那也是因为，我真心喜欢姐姐呀。今天的花，是淡紫色的琉璃菊……

直美读着读着，仿佛屏住了呼吸。

英子姐姐，当年也因为和我一样的念头苦恼呀！谁都是这样嘛。

　　清子正在给画上色。见直美安静得仿佛沉浸在思考中,她悄悄地抬起眼:

　　"花瓣老是上不好色嘛!"

　　"话说,英子姐姐现在还不算贪心,可后来就有点贪心了嘛!"

　　"哦?"

　　"说她贪心嘛,也跟一般的贪心不一样。"

　　"那是怎样的贪心?"

　　"怎样……嗯,内心吧?"

　　"哦……我懂啦!是吃醋吧?可是,外表看不出来哟。这些缺点,不知什么时候都被她甩掉啦。"

　　"我觉得,是因为妈妈不在啦,她一个人要花好多心思——像清子你这种爱撒娇的家伙,不管多大,都不可能像我姐姐那样哟。"

　　"哎哟,直美好过分。就算你没跟妈妈撒娇,还不是爱跟某个人撒娇吗?"

　　桃子从旁道:

　　"吵什么呢?"

　　"你说,直美跟我,谁更像小孩子呀?"

"公平点说嘛……"

桃子装腔作势道：

"是直美吧。"

"太过分啦！"

直美瞪了一眼桃子：

"要说小娃娃嘛，桃子，你才是最像的。你最像个小娃娃啦！"

"胡说，你才是呢！"

几个少女都希望自己看起来更成熟一点，谁都不想被人当成小孩子。

"那咱们去问问姐姐吧！姐姐的裁决那么神圣，用不着有怨言了吧？"

直美啪嗒啪嗒地冲向后厨去了。

北面开窗的凉爽的后厨里，奶妈正在剥海螺壳。手头稍微慢一点，海螺就会钻进壳里，很难剥出来了。奶妈太过用力，总是把火钳弄弯又掰直，反复忙个不停。姐姐则在炭炉跟前，一副全不怕热的架势，忙活着做饭……

"呀，好吃的！真香！"

"小馋猫！"

"对啦,姐姐,我跟桃子闹了点矛盾。"

"不行哟,可不许跟桃子吵架!鸡毛蒜皮的小事,就让让人家嘛。"

"为啥?"

"为啥……要是你们关系不和睦,姐姐很难做哟。"

"可她还那么得意地跟姐姐撒娇,让姐姐照顾她呢!人家也生气嘛!"

"还说这话?阿美可是我最爱的妹妹哟!不过,桃子也是我的新妹妹嘛。就算桃子再跟我撒娇,阿美才是打出生起就是我最爱的妹妹呀,所以可以放心地看待桃子说话做事啦。我不再是阿美一个人的姐姐啦,懂了没?"

听英子姐姐这样一说,直美也懂了这个道理。可即便是懂了,这道理也太无聊了吧——她内心这样叫着,表面却默不作声。

直美心头浮起刚才《花儿日记》里的一段话来。

"姐姐后来听那个假的姐姐说可能给别人送花,不也在日记里那样失落来着嘛……难道说,那些往事都忘了……居然对我说出这么不痛不痒的话?"

直美愤愤不平地倚着柱子。

见直美一言不发,姐姐有些无可奈何,又搅动起做菜的筷子：

"爱吃烤海螺吧？阿美，讨厌啦！来，换换心情，帮姐姐一把。嗯……后院松树林旁边的箱子里长着鸭儿芹呢，帮我挑几棵漂亮的采回来。"

直美有些不好意思地瞪了姐姐一眼，走出院子。

晾衣杆上挂着清子、桃子和自己的泳衣。直美在树荫底下采了鸭儿芹，回来时，却见桃子不知何时冒了出来，还看着直美道：

"直美耍赖嘛！跑到姐姐这里来，不回去啦……刚才那个事怎样啦？"

"阿美，跟你怎么说好的来着？"

直美有些不耐烦道：

"那个，我跟桃子吵架的原因是……"

"哎，讨厌！姐姐才不想听什么你俩吵架的原因呢。那些话，不想听，不想听。"

"瞧，人家都不说话啦，桃子还要特意跑来告状呢！"

直美丢下桃子，进了茶室。

因为，她不想看见桃子在姐姐身边，甚至受不了跟桃子待在一起。

姐姐一脸失落地盯着直美的背影：

"今天,阿美好像有点不对劲呀。桃子,她没好之前,不要理她啦……对啦,明天哥哥就来啦,开心不开心呀?"

桃子笑嘻嘻地,带着几分早熟的语气道:

"哥哥应当不会忘了带礼物来吧?就算哥哥来,我也一点不觉得开心。我就等着他的礼物呢。哥哥对我还不是……"

英子有些脸红了:

"桃子,你要记住哟。等哥哥来了,我会告诉他的。"

"我要他帮我带点罗麦亚①的香肠和长崎的卡斯特拉蛋糕,北条这里的点心太难吃啦!"

"那不行哟,还这么挑三拣四……既然来了乡下,就得吃乡下的东西。妈妈也常常这样讲的吧?"

桃子似乎很乐意被姐姐批评,索性反驳道:

"那,既然来了乡下,就顺便让我跟乡下人穿一样的衣裳咯!"

"呀,讨厌。今天怎么每个人都不听姐姐的话啦!"

英子姐姐微微沉了脸:

"眼看都不把我当回事了嘛!"

桃子连忙道:

---

①一家西餐馆的名称。

"讨厌啦,姐姐!人家只是开玩笑嘛……姐姐说什么我都会听啦。姐姐比妈妈还好呢,要是你不理我,可糟啦!对不起啦!不管是北条的点心还是什么,我都吃!"

桃子的解释实在好笑,姐姐也终于笑了。

"好啦,咱们吃午饭吧!你跟直美她们把饭菜端上来吧。"

英子脱掉围裙,到浴室里擦汗去了。

桃子跑进茶室,清子正把画好的画贴在墙上欣赏呢。直美也在看着。

"怎么样?英子姐姐喜欢吗?"

不多时,大家坐到快乐的餐桌前,转动着烤好的海螺,吮吸着壳里的汁。

"真奇怪!我还以为没了呢,往这里一放,没多会儿又冒出汁啦!"

"越晃越多,究竟是怎么回事呢?"

姐姐看着几个少女活泼的模样,熟练地吸着汁。海螺壳里咕嘟咕嘟地不断冒出汁来,屋里仿佛洋溢着海岸的气息。

"哎,姐姐,回头给你看一眼《花儿日记》哟!做得可漂亮啦!"

直美话音刚落,姐姐害羞道:

"够啦！这时候还看那玩意，也太难为情啦！"

"我想到一个好主意……不如，拿给姐夫看吧！"

直美说完，桃子也起哄道：

"就是呀！让姐夫了解一下姐姐的往事，一定会惊喜的嘛！"

唯有清子笑呵呵一言不发，有些同情地看着姐姐。

"行啊，你俩这么欺负人……不过，阿美，要是把那玩意给姐夫看，可讨厌啦……桃子，你也是哟！"

英子姐姐的表情一本正经起来。

两人只觉得英子姐姐不知所措的模样很是好玩：

"可是，压根没写不能看的东西嘛！可以给姐夫看看吧？"

"让姐夫了解一下姐姐的往事，不是挺好吗？"

"不要不要！"

姐姐固执地摇了摇头：

"你们要是不听话，我就把《花儿日记》收回啦！"

姐姐的表情有些严肃：

"我可不是为了跟人炫耀才把那本日记留在家里的哟！"

直美也好，清子也好，桃子也好，这下当真吃了一惊，赶紧抱起《花儿日记》，逃到院子里。

"行——知道啦！"

"要是被收回了，那可糟啦！"

"不让给姐夫看，真奇怪呀！"

"不奇怪呀。我觉得就是那样。"

"是吗？不好意思！"

"也不是不好意思吧……"

我想你一定过得很好吧？我也有山里的消息要告诉你……前几天的来信真有趣，就像能听见大海的声音呢。我妈妈也看啦！

外婆家里有二十只鸡。我来了以后，捡鸡蛋就成了我的任务。鸡蛋刚娩下来是热乎乎的，握在手里感觉很有分量。

山里到处都是黄色的毒百合、香气好闻的忍冬、瞿麦、胡枝子、野凤仙花，等等。

每天早上吃饭前，我都喊上外婆，两个人到原野上采花。那个时候，谁都看不见，外婆的耳朵也背，我会毫无顾虑地大声唱歌。

可能是因为这样吧，妈妈说我的脸色都红扑扑的了。这时候假如我的腿没有问题，就能多么欢喜地来回奔跑了呀……

不过,每天过得这么快活,差不多忘了自己腿脚的问题呢。要是有你在身边,我想会更加有意思的。

快点让我看看你姐姐写的那本《花儿日记》吧。

再见啦!

绫子

直美拿起邮筒里绫子的来信,跑到岸边船只的背阴处看了一遍。

她兴奋得恨不得马上写封回信,直奔家中跑来。

"直美!直美!"

见清子和桃子挥动着帽子。

"你去哪里啦?"

"我到岸边去了一下……"

"偷偷去可不行哟!"

"对啦,下午姐夫就到啦,姐姐说要去买下厨的材料。她还说,要带我们一起去呢!"

"到车站接姐夫?"

"不,到镇上。"

"那不是很近?"

"近是近,不过多好玩呀!还能到海鲜店里买鱼虾,到蔬菜店里挑黄瓜哟。"

说话间,姐姐已经挎着篮子出门了。

"走吧!今天请你们吃点北条特色的美食哟,乡村美食。"

屋檐低矮,镇子很小,小到四个人并肩都有些走不下了。

先顺道去了蔬菜店,买了青椒、茄子、小芋头,还有卷心菜和洋葱。西红柿和黄瓜都是房东爷爷送的,田里新摘的。剩下就是三个人跑去拿回来了。

姐姐可真是把家务好手,多余的东西一概不买。说真的,三个人着实有些无聊。因为,连那种买点没用的东西的乐趣都没了。

"姐姐,那边那家服装店,是东京那边过来开的吧?"

"这个嘛,谁知道呢?"

"还有很新潮的布料呢!我想用那种布料,做件玩耍穿的衣裳。"

听桃子这样说了,直美也不甘示弱道:

"我还想特意用很土气的布料,做件乡下少女那种衣裳呢,行吧,姐姐?"

英子姐姐只是瞟了一眼:

"不行,咱们可不是来买衣裳的哟!"

来到书店跟前,三人啪嗒啪嗒走进店里。

"呀,居然有这样的信纸呀!"

"这信封也不错嘛!"

"是呀,是呀,我还想买明信片呢!"

直美还是求姐姐买了给绫子写信用的漂亮的信纸和信封套装。

桃子买了剪成花朵形状却没多少地方写字的记事本。清子也买了明信片。

"好啦,这下心满意足了吧?"

英子姐姐笑着付了钱,看见小型的口袋书:

"我也来找两本下雨天读的书吧!"

她买了施托姆①的《茵梦湖》和《三色堇》。

来到海鲜店里,点了晚市卖的鲈鱼冷鲜鱼片,要店家中午前把小竹荚鱼和章鱼送过来。接着,又来到花店。

"夏天鲜花很快就败呀!可是,没有鲜花,又觉得没意思……唐菖蒲就行。不要各色鲜花混在一起,就要那种粉的,

---

①汉斯·台奥多尔·沃尔特森·施托姆(1817~1888年),德国小说家、诗人,代表作有《茵梦湖》《白马骑士》等。

来十枝。"

买起花来，英子姐姐出手格外大方。

几个人拎着包裹回来时，见奶奶今天正忙着打扫松林。

"回来啦！对啦，来了封快件呢！"

姐姐一惊，连忙走进屋里。

"呀，是姐夫寄来的，怎么啦？"

今天给朋友饯行，没法抽身。我搭明天最早那班火车过去。

看见这样一封简单得像电报一样的明信片，姐姐有些泄气，坐下来喝起麦茶。

"哎呀，怎么啦？"

"没事的，姐夫说今天来不了啦！"

三个人眨了眨眼，一脸到底为什么要拎着沉甸甸的包裹回来的表情……

"哟，那也太没礼貌了吧？"

"就是嘛。早知道这样，我就买点心回来啦。我还想着，等姐夫来了，就能吃到德国面包坊的蛋糕、菊迺舍的点心，才一直忍着的。"

连清子都说:

"白等一场,最没劲啦!"

三个人都替亲爱的姐姐发起火来。一说起姐夫不来了,姐姐立刻没了干活的心情,午饭也只有简单的炖竹荚鱼和醋拌章鱼……

要是姐夫来了,就算材料一样,也不至于做成这样的……

三个人察觉到姐姐的沮丧,正带着不曾有过的安静吃着饭,英子姐姐也发现了,扑哧一笑:

"还拉你们去买东西,抱歉啦!其实,我本来想把章鱼和芋头煮得再软一点,竹荚鱼也做成法式黄油烤鱼的,还应该做个汤。"

直美盯着姐姐:

"老是本来想这想那多没意思,也给我们几个想着做点法式黄油烤鱼,还有汤嘛!是吧,清子?"

桃子义愤填膺道:

"就算他明天最早一班车来,也不理啦!姐姐,给他来点酱汤就够啦!"

"就是呀。太早开始准备好吃的,可能更失望呢!"

"我才不去车站接他呢!"

对大家一通的抱怨,姐姐反而责备似的说:

"哟，哟，别这么生气啦！明天就能吃到蛋糕、点心啦！"

之后午休，三个人独自去了海边。

一些趁着周末到别墅来住一晚的东京人陆陆续续走过。

由于岸边不许穿泳衣，大家一律上衣配短裤，或是穿着外套——泳衣以外的打扮，也相对时髦。整体来看，北条海边的人们打扮偏素静。尽管海浪有些大，海岸线却有着曲折变化，感觉格外壮阔。

直美她们几个冲浪也有些熟练了。她们抱着冲浪板，在海浪间花瓣一样来回嬉戏着。

"我得去捡点岸上的宝贝啦！"

"贝壳不是都捡了好多吗？"

"嗯，有海狮贝、毛虫贝、紫蚬、枣贝、蒲星贝、大和蚬、笛箩贝、浪花贝、海螺……"

"你知道这么多呀！"

"平常看上去普普通通的贝壳，也有这些复杂的名字呢。一旦了解了，会觉得特别有意思，还想了解更多呢！"

"直美，你可真有热情呀！明明看起来那么安静，做起这种事来还这么有热情！"

"是吗？"

直美有些纳闷，心想，自己能专心地思考绫子的事，大概也是因为"有热情"吧？她的脸有些红了。

"我呀，作文还剩一篇。"

"我还有习字。好讨厌呀！"

"不如明天姐夫来了，让他带大家到哪里去玩一下吧。到保田也行呀……犬吠埼怎样啊？"

"灯塔生活，好像很浪漫哟！"

"啊，那样我也能写出好作文啦！"

"没礼貌。守灯塔的辛苦，你不知道？"

三人在海浪间浮浮沉沉……

"呀，咱们的遮阳伞那里，有人在喊呢！"

"是呀……好像是！"

"好像是奶妈。怎么啦？"

三人连忙乘风破浪向岸边而去……

九　新的学期

三人身上湿漉漉的,朝奶奶直奔过去。

"那个……太太好像有点不舒服。给她量了下体温,有三十八度五哟……"

"呀?"

三人赶紧一溜烟往家里跑了起来。跑着跑着,桃子说:

"这是怎么啦?"

直美已经开始后悔自己刚才跟英子姐姐闹别扭,难为姐姐的事了。

这时,清子也开口了:

"直美,是不是因为你对姐姐太任性啦?"

直美越发变了脸色:

"胡说!没准是因为姐夫呢!"

"但愿吧!"

说着，桃子快步跑了起来。

三人气喘吁吁地穿过院子跑进屋里时，见榻榻米一角铺了被褥，姐姐正盖着浅蓝色的被子，脸冲着墙的方向。

"怎么啦？"

"这么突然？"

三人连泳衣都来不及脱。姐姐那双大大的眼睛静静地转了过来：

"就是有些不舒服。没事的。"

"可你都发烧啦！还是请个医生来吧？"

"不至于啦。"

"讨厌啦！姐姐，还是让医生看一下嘛……"

直美不由得胸口一阵发堵，望着英子姐姐躺在床上的面容：

"奶妈，你到后院屋里问完病情，赶紧请个医生吧！还有，咱们给姐夫发封电报吧！"

直美突然像个大人似的，煞有介事地指挥起来。

姐姐赶紧捂住她的手：

"不要啦！还那么大惊小怪的……反正明天他就来啦！"

"就是要让哥哥担心一下！"

桃子也表示赞同。

紧接着，三人匆忙洗完澡，换了衣裳。清子到院子里打水，直美负责整理茶室，最让人佩服的是，居然还追打起床边的苍蝇。

桃子则准备下午的茶点……

姐姐一病倒，家中好像忽然暗了下来。

真让人心中充满失落，仿佛美丽的鲜花凋谢了一般。

直美定定地看着躺在床上的姐姐惨白的面容，忍不住忧心忡忡：

"哎，姐姐！你没事吧？"

"没事，就是有点累。阳光太热，晒过头啦。"

"不会是我害的吧？"

"怎么可能？"

姐姐看着直美，又道：

"不过，也可以这么看吧？"

"讨厌！明明刚才我们三个人都说啦，肯定是姐夫害的！"

"哟！"

姐姐笑道：

"就因为姐夫放了鸽子，都要被恨死啦……那个……我想喝点水。"

直美立刻冲进厨房，从冰箱里拿出冰镇麦茶，倒进杯子里。

桃子计着数，烤着华夫饼。

这期间，姐姐有些迷迷糊糊地睡着了。三人在隔壁屋里安静地吃完了茶点。

接着，不知不觉地，开始了自习。

暑假已经所剩无几，作业也得检查一遍了。

清子打算画的画稿已经完成，作文还没写。直美还剩下习字，桃子还有画画和作文没完成。

"话说，像今年这样过过集体生活，可以了解自己的缺点，我觉得挺好的。"

"是呀。而且，自信心好像也足了哟！"

"再说，我们三个有共同的回忆，过后想起来，多快乐呀！"

"话说回来，要是姐姐真没事就好啦！她也太坚强啦，可要不得呢。"

"以前就是这样。她绝对不会把自己的痛苦说出来的……不过，看了《花儿日记》，里面也常常提到这份心情哟。"

"哦？好想看看呀！"

三人哗啦哗啦翻起即将做好的《花儿日记》。

×月×日

紫菀花开了。这是妈妈最爱的花之一。

清晨，我还把它剪下来带到学校去了。

不知是谁……已经抢先插了大朵的大丽花。因为那花实在太美了，我就没插紫菀花，把它放在校工室里。谁知班上的小H说这花真好看，于是拿到教室里来，插到大丽花一旁了。

修身课老师立刻看着花说：

"闻见有秋天气息的花朵发出香气啦！"

听见这话，我也觉得惊喜。

后来，做游戏时，小K跑到花瓶那里，说：

"这花是谁的呀？"

我赶紧答：

"是我的。"

我说完，她又说，紫菀和大丽花不相称，不好插在一起。我一下子明白了自己为什么遭到那样的恶作剧啦。

听人家说，因为小K特别喜欢我这个姐姐，却因为我失去了机会，所以恨死我啦……

我默默地把紫菀拿出来，又拿到校工室里了。

虽说遗憾，可大丽花的美，的确是紫菀花没法匹敌的。

看完了日记，桃子说：

"呀，姐姐多能忍呀……要是换作我，遇到别人这样对我，一定会另带一只花瓶来对抗的！"

"就是，也太谦让啦！"

三人正在姐姐病床的隔壁房里聊着这些，外面传来汽车的动静。

"是中暑了吧？不过，肺叶好像有点问题。"

一个据说北条镇上最受欢迎的医生在姐姐面前若无其事地说完，立刻赶往下一个患者家了。

三人对这个诊断结果大吃一惊，英子姐姐彻底没了精神，泪眼盈盈地看着直美道：

"在这种地方生病，真是抱歉。不用担心，我想很快就好起来啦。"

说着，把头侧向了一边。

直美也隐约记得，母亲去世的病因就是呼吸系统的问题。长大以后，她越发清楚那份记忆并没有出错。因而，即便姐姐偶然得的什么小病,她也感到极度恐惧。

当晚就在姐姐床边……跟姐姐一起打牌,玩了21点和31点,还算了几回卦,过得相当快活。

"大家学校里的功课都做完啦?"

"嗯,差不多啦!"

"脸也晒得够黑啦,什么时候回东京都行了吧?"

"呀,不要啦!有点担心姐姐呢。"

"不会的……只不过……"

桃子一副深思熟虑的模样道:

"我要跟哥哥说一声!告诉他,让姐姐一个人好好静养一阵……因为,东京家里房子太大了,客人太多了,爸爸妈妈太能干,姐姐实在辛苦。"

"呀,桃子,不要啦!这种事,无所谓啦。"

英子吃了一惊,阻止她道。

"就是呀,桃子说得对!"

直美在一旁附和。

"不过,要是在北条,我们来玩可有点不方便呀。"

"哟,看病人不是目的,这才是目的呀?"

姐姐露出了笑容。

"真想两边都能去呀。只不过,到逗子或镰仓得坐省线电车，有点太无聊啦。要是在片濑或辻堂一带嘛，还能坐一回东海道线。再说，东京那么近，刚好来探望姐姐嘛。"

"到底是谁要去片濑、辻堂住呀？"

姐姐觉得好笑，扑哧一下笑了起来。桃子也不再说话了，大家开始换上睡衣。

第二天，走过朝霞灿烂的街道，三人到车站去接人。

很快，最早一班火车到了。姐夫身穿麻布西装，两只手拎满各种礼物，脖子上挂着相机，笑眯眯地走了出来。

见他两眼不住地东张西望，直美道：

"嗯……姐姐有点发烧，在休息呢。"

姐夫大感意外：

"什么时候的事？糟糕，都不写封信来……"

"昨天……就是因为你放了鸽子，让姐姐失望，才一下子病倒的。"

"请了医生没有？"

"那个医生好像不大靠得住哟！"

桃子说着，忧心忡忡地走到哥哥身边：

"对啦，他还在姐姐面前说，肺叶好像有点问题呢。姐姐都有点悲观啦！"

哥哥听着听着，表情也严肃起来。他喊来车站前的汽车：

"不管怎样，赶紧回去吧！"

在花店门前，姐夫下了副驾驶座。没花几分钟，让人扎好了一束粉红色的康乃馨和凤尾草。

汽车开到大门口。吃惊的是，姐姐居然穿好一身麻质和服，系上单层腰带，到门口来迎接了。

"你都没躺着？"

"姐姐不躺着能行吗？"

直美也一脸的不满，紧盯着姐姐道。

"今天早上热度还好……可能是有点中暑了吧。"

姐姐若无其事地答着，一面还忙着找出姐夫的浴衣、西装什么的。

对姐姐的行事周全，三人深感钦佩。

"明明躺着就行了嘛！"

"还说什么这情况没什么大碍，让姐夫放心，也太没意思啦！"

"西装那些玩意，让他自己收拾就行了嘛！"

三个人抱怨着，把礼物包装打开了。

姐夫说：

"喂，直美！里面是装了手帕吧？因为要让店家把名字放进去,所以耽误啦!"

这是给姐姐的礼物。给桃子、直美和清子的,是一模一样的零钱包。

"打开钱包看时,人家说这是装钱用的。那,就给你们每人捐点零花钱吧!"

姐夫说着,给了三人各三枚50钱的硬币。

接着,热闹快活的早餐开始了。

姐夫边吃着餐后甜点,边开口商量起来:

"怎么样?总之,咱们先回去吧?只看这里的医生,实在不放心。说不定明明没事,医生也说些不该说的……"

"可本来应该在这里待十天的吧?"

"那都无所谓啦。我们也想早点放心嘛!"

桃子从旁插了一句。

"就是,就是!总之,咱们还是带姐姐到个清静点的地方去吧!"

直到这一刻,直美才感觉姐夫真是个好人。先前无论如何,总觉得他把姐姐从自己身边抢走了,打心眼里没法跟他亲近起来……

吃完了饭,大家都躺下休息。因为,不这样做,姐姐就不肯躺下。

由于临时决定明天出发,奶奶开始忙着收拾行李,直美她们整理学校的功课。

直美很想给绫子写暑假里的最后一封信,于是独自钻进了后院的松树林。之后,清子也拿着速写本跟过来了。

"我要画打碗花……这回《花儿日记》里的花儿写生就差不多啦!"

"都有什么花跟什么花来着?"

"山茶花、地丁花、海芋花、康乃馨、桔梗花、紫菀花、雪柳、野菊花、打碗花……"

"我觉得,要是姐姐喜欢的是大丽花或者向日葵,就不会生病啦!"

"不过,要是去辻堂那边温暖安静的地方,很快就能好起来啦!对啦,那边海岸上还有种叫防风的植物,可以做刺身的配菜,气味很香。那地方长着好多那玩意呢!"

"哎哟,我好喜欢!"

桃子说着,走到院子里来:

"真讨厌告别呀!……哪怕是跟北条的小镇告别呢。"

"就是。咱们来唱支歌吧!"

　　我那魂牵梦绕的姐妹

该把你的美比作什么歌唱

　　是山间的野樱？还是溪谷的百合？

　　你是我烦恼时的慰藉

　　你是我孤独时的朋友

　　……

歌声笼罩在杉树林里，发出动人的回响。

　　我已经回到东京的家里啦。很快，再有两三天，咱们就能见面啦，真有些迫不及待！你去了海边，我到了山里，咱们来交流一下感想吧。

　　你送给我的娃娃玛丽，我也一起带去啦。外婆还给她做了一套绉绸被褥呢。

　　可能因为每天过得太悠闲自在了，妈妈来接我时都吃了一惊，说我晒黑啦，也长胖啦。

　　不过，新学期一开始，我觉得还会有好多事情要烦恼，可能又会瘦下来。真恨不得干脆退学回家，跑到宁静祥和的乡村，种花、养鸡，忘掉自己的腿疾……

　　虽说跟你说好了，可我总是太在意自己的问题。我想，你一定很讨厌我吧。可我又很想让你看见这种心情，实在对不起!

经常下蛋的鸡死了一只。外婆喂了辣椒水,也无济于事。我感觉,这段时间连一向最爱吃的鸡肉都不想碰啦。

今天的晚霞已经带上秋意啦。

等到开学相聚时,咱们再见吧!

绫子

直美在檐廊上读完绫子的来信,心里充满了姐姐般的感情。真想立刻飞过去,帮她振作起来。

"以前,都是别人安慰我。这回,我也可以起到一点安慰别人的作用啦……不管是绫子也好,还是生病的姐姐也好。"

她一面想着,一面不忘忙活着手里的毛衣针。

草坪上,阿松正在细心地除草。

俗话说,千根夏草,不敌秋草一根。她像寻找眼中钉似的搜寻着杂草,说是因为秋天的杂草转眼就结籽了,得赶紧把杂草除掉。

"我的外衣,都熨过啦?"

"啊,都熨好啦!被子也彻底翻新过啦!"

"我可没问什么被子……倒是想问问,香豌豆的种子,你留了没?"

"那个嘛,应当已经放到储物间啦。"

"姐姐说,要把种子分开。回头把种子找出来吧。"

直美在袜子的后跟处停下针线:

"我到清子家里去一下。"

说着,她趿拉着院子里的木屐出去了。

一进院门,看见一些零碎的物品七零八落地摆满了朝阳下的院子。

"清子,你在大扫除吗?"

她打了声招呼。只见清子戴着三角巾,系着围裙,从里屋跑了出来。

"忙着呢!我在处理杂物间的破烂呢!"

"在帮忙?那,没空吧?"

"不,没事啦。我在整理不用的东西,从里面挑出自己喜欢的留下。"

直美沉默了一阵,又说:

"哎,清子,你就不想早点去学校吗?"

清子瞟了一眼直美,笑嘻嘻地打趣道:

"我还恨不得暑假多一天才好呢!原来,不是这样呀……"

"哎哟,你说什么呢?"

直美红了脸：

"人家不是有点无聊嘛！"

"那个叫绫子的，已经回来啦？"

"听说是的。"

直美有些冷淡地答。一面又道：

"听说姐姐也好多啦，房子好像也差不多定好啦！"

"在哪里呀？"

"听说在辻堂。很近，很方便。"

"哎呀！那里还有深紫色的地丁花呢！"

"你去过？"

"是呀。"

"要是英子姐姐也采点地丁花就好啦！"

"桃子那个人，比想象中好得多！"

"是呀。一点没有欺负英子姐姐，我都喜欢上她啦！"

直美也表示赞同。

"听说，小姑子都是爱给人穿小鞋的典型呢！"

"要是来个那么出色的姐姐，谁都得认输吧！"

"那可不一定哟。"

"啊，对啦，对啦！"

清子好像忽然想起什么似的，走到自己书桌旁，很快拿了一封信回来。

"抱歉！那个……前两天，我妈妈从三越寄了块白色的布料给你姐姐，说是暑假慰问的礼物。妈妈说，等什么时候姐姐换了地方疗养，再去好好看她。姐姐的回信也来了，我好开心呀！"

直美一面心想，呀，姐姐也太过分啦，只给我寄了张明信片，却给清子写了封信嘛，一面读起清子递过来的信。

暑假从没过得这么热闹，真的很开心。我的话有不周到的地方，你也包涵了，不知有多欣慰。明年，后年，大后年，大大后年，只要可能，咱们再相聚吧！直美在家里一个人也实在可怜，你就跟她做个好朋友吧！

我也好起来了。下回你们再来玩吧！

英子

这些短短的语句也让直美理解了姐姐的用心，只觉眼底渐渐热了起来。她默默地把信还给了清子。

篱笆墙角处，秋樱在瑟瑟摇曳。

伴随着季节转变，彻底改换了模样的同学们走进校门。新学期来了……

一个个鞋子擦得干干净净。校服虽然旧了，却打理得相当整洁。暑假里锻炼过的身体也格外轻盈。

好友们赶紧凑到一起，忙不迭地交流着暑假期间的经历。

阔别已久的老师们兴致勃勃地聊着天。校长更是不像往常一样钻进校长室，而是在教员办公室里，笑容可掬地跟各位老师打着招呼。

铃声响起，全体学生到校园里排好队形——听完了训诫讲话，大家回到教室。班主任又开始讲话，公布了课表。同学们就座之后，直美班上的任课老师很快就来了。她一身素雅的深蓝色套装，手上只拿着一枝红玫瑰。

"大家看起来气色都不错嘛！今天也没有缺席的吧？"

老师说着，环视起书桌上一张张脸蛋。

"那，暑假期间的作业、研究内容，都交上来吧。忘带的同学明天交……"

学生们一个个按次序到讲台上交了作业。

有人带了昆虫、花朵的标本，也有人带了手工编织的稻草房或是稻草人。

直美带的，是一只扁扁的空零食箱，里面整齐地摆着捡来的贝壳，旁边一一标了名字。

老师的目光停留在直美的贝壳上：

"呀，捡到这么好的玩意呀！啊，是森同学的？"

她自言自语道。

"大家看起来都很努力嘛。改天咱们摆在教室里，让全班同学都看见。好啦，今天就到这里吧！从明天起，关键的第二学期大家要好好学习哟！"

老师一脸微微严肃的表情说完：

"那个……森同学，回头到教员办公室来一趟！"

直美一愣，究竟是怎么回事？她瞬间异常紧张起来，目送着老师的背影……

十　推选班长

直美一进教员办公室，正跟同年级其他老师谈笑风生的班主任冲直美道：

"森同学，有点事要你帮忙。"

接着，她说，要把图画和习字作业按分数高低，即，甲上、甲、甲下、乙上……这样的顺序排好，再钉起来。

"这些都是要给大家传阅的。"

直美先前一直惴惴不安，心想着是什么事呢？会不会被批评？这下，终于放下心来。她抱起作业本回到教室里，和副班长一道整理起来。

因为图画部分还没打分，老师说等一下到教室里打分，于是，她把图画作业搁到值日生整理过的书桌上，两人开始分习字作业。最终，甲上七张，甲十九张，甲下十一张，乙下十四张。

"甲是最多的,也就是说,全班都写得不错嘛……还是说,老师给分给得太宽容啦?"

"是呀,得了甲上的,嗯……是山本、村井、长谷川、谷口、三田、本田……呀,多半是优等生嘛。"

"习字还是像老师说的那样,可以体现本人的精神状态。可不光是字写得好呢。"

"是呀。不过,字嘛,只要肯练,就能写好了吧?"

"那可不一定。山田一直找习字老师补习,不还是乙嘛。外表看着还行,可惜没什么气势。"

"说到气势,那些跟着老师练字的孩子,哪怕是小学生,都比大学生写得好很多呢……"

两人一面聊着,一面按分数分着类。这时,老师走了进来。

"怎么样,分好了吗?"

"嗯!"

直美点点头。

老师哗啦哗啦翻起画稿来。

"瞧,这里有些画相当不错哟。现在批,好像批不完嘛。"

老师休息了一下眼睛:

"森同学交了几张？"

"我交了一张写生和一张画稿。"

"山本呢？"

"我都是写生，交了五张。"

"大家看起来都很用功嘛。那，图画作业今天就算啦。我还想着，下回不光是成绩，日记也要给同学们传阅呢。"

"呀！"

直美惊声大叫起来。

"不要！不要！日记，可不行。那要给人家看了，可麻烦啦！"

"那不挺好的嘛。同学们彼此了解一下各自的生活……大家都不大了解彼此的家庭嘛。"

"可我觉得，全班同学一定会反对的。对吧，山本？"

"是呀！"

山本也一起点点头。

"要是给人家看，一开始就要照那样的准备来写啦。话说回来，老师，都得写真实的内容吗？"

见两人实在不知所措，老师笑道：

"是啊，它是一种记录嘛。不光要记录天气啦，行动啦，也要记录心情嘛。写假的，就不是记录啦。"

"所以我才不要嘛！"

"为什么呀？"

"因为自己心里想的给人家那么清楚明白地看见了，会感觉难为情的。"

见直美一本正经发愁的模样，老师故意说：

"那，森同学，你在想什么坏事呢？这么不安。"

说着，老师好笑地看着两人。

直美一愣……心想，要是日记里没写绫子就好啦。

可又转念一想，要是不写没准就成了假的日记，脸上又渐渐发烫起来。终于，老师站了起来：

"辛苦啦！"

说着，老师抱起习字簿离开了。

直美连忙问：

"是吧，很讨厌吧？把日记拿给别人传阅。"

"就是，谁都讨厌嘛。"

听见山本也极力赞成，直美多少放了心。

两人一起走出校门。

校工正把校门口的擦鞋布晾在太阳底下。

下午邮递员送来一张明信片，是搬到辻堂的英子姐姐发来的。

近来姐姐的确很少写信了,却似乎很爱寄明信片。

你好吗?这里格外幽静,连猫咪打个哈欠都能听见。我到海岸边吃了三回便当,你什么时候来呢?

英子

直美试图从这张简短的明信片里读出英子姐姐的生活。

姐姐问我什么时候来?那我该什么时候去呢?

直美在心里反复默念着,恨不得马上就去。

她的心已经飞到了辻堂。

好不容易抑制住念头,开始写起了作业。

阿松掖起衣角走了进来:

"打扰啦!"

她拎着脚凳,走到壁橱跟前。

"怎么啦?"

直美不胜其烦地开口道。

"嗯……这个衣柜最顶上收了一套平常用不着的三层食盒。"

"现在要用?"

"我寻思,马上不是要到春分了嘛。这回少奶奶在婆家那边,一旦送点什么东西过去,就能经常用上啦……今天收拾东西忽然想起来,趁着没忘,赶紧……"

听到这话,直美竟感觉往常啰里吧嗦有些烦人的阿松格外亲切起来。

于是,帮她一起按住脚凳,接住她拿下来的食盒。

下回到辻堂时,这套食盒里应当带点什么呢?直美琢磨了半晌。

英子姐姐喜欢吃什么来着呢?……五目寿司、金团、炖八头芋、仙台竹叶鱼糕、开边梭子鱼……直美一面琢磨着许多美食,一面心想,辻堂那里的鱼虾新鲜美味,一定很合姐姐的胃口吧。

第二天……直美一下电车,见绫子就在跟前不远处走着。直美赶紧跑过去跟她一起,

"绫子!"

"呀,你都是这个时间来吗?"

"差不多吧。不过,都见不到你嘛。"

"今天,我们班里要选班长。"

"啊,对呀!第一学期是老师指定的嘛。"

"是呀。"

"绫子,你是不是候选人呀?"

绫子慌忙摇了摇头:

"哪里呀。我都没有朋友呢。"

很快,走进了校园。两人混在一大群同学里,不知什么时候分开了。

绫子的班上第一节课是修身课。

老师以"信誉"为重点讲完之后,说:

"接下来,开始选班长。大家务必选出同学们最信赖的人,最能代表班级荣誉的人。"

还给大家发了纸。

大家个个表情认真起来,互相对视了一眼,之后便安静下来。

老师收完叠好的纸,放进箱子里,说:

"等一下我们来唱票。"

说着,拿起那只箱子,走出了教室。

同学们惴惴不安,各自在心里想着自己推选的对象。

"会是谁呢?"

大家你一言我一语,仿佛秘密似的。

明明人人都想脱口而出,却个个闭口不言。

接着,忍不住比较起班上几个有威信的同学来。

绫子身边也聚了两三个同学。

下课时来到操场上,见直美从远处跑过来,应当正在玩"捉小鬼"游戏呢。

直美和小鬼围着一棵大大的樱花树转来转去。

两个人看上去都精疲力竭。

"呀,你耍赖,居然躲到樱花树后面去啦……"

"不然怎么办呢?"

"你往那边去呀!往那边去!"

两人嘴上这样说,却依旧你追我赶地嘎嘎笑着,彼此瞄着对方的空当。绫子饶有兴致地欣赏着这场游戏。同时,她清楚地知道,自己无法做这样的游戏——正因如此,才觉得格外有趣。

直美忽然离开樱花树跑了起来,小鬼也跟着追了过去。

两人就在绫子眼前,在校园里的学生中间来回追逐着。忽然,直美在校园拐角处举起双手,朝小鬼示意着。

"怎么啦?"

小鬼好像也忘了捉人,跑到直美身边。

"刮破好大一个口子呀!"

"哪里?"

直美扭头向后看去,只见背上破了一个大洞,露出白色的内衣。

"好像刮到水桶那里的钉子啦!"

"呀,破得好大呀!"

直美和小鬼一起不知所措地走过来。

绫子笑着走了过去:

"别针,我这里有!"

她摘下妈妈一向细心地帮自己别在裙子口袋里的别针,有些脸红地递了过去。

小鬼眼见这一幕,着实有些意外,来回打量着直美和绫子:

"哇,好厉害呀!"

她一脸佩服地拍了拍手:

"你好像早就知道森同学的衣服会刮破嘛!"

直美和绫子一时间语塞……

绫子那正用别针别住破洞的手指微微抖动着。

铃声响了。

绫子逃也似的从直美身边跑开了,心里仿佛有股热热的感觉……

第三节国语课,老师临时去其他学校开会,所以没课。正好利用这节课，进行推选班长的唱票活动。

班主任拿着刚才的箱子走了进来。

被老师点到名字的五个学生走上了讲台。有一张一张唱票的，有往黑板上写的，大家各自分好了工，开始唱票。

同学们鸦雀无声，抬眼看着。老师也坐在旁边的椅子上关注着……

一个同学开始唱票。

"中川。"

计票的同学把绫子的姓"中川"写到黑板上。

"井上。"

"井上。"

"中川。"

"中川。"

"中川。"

"秋田。"

"井上。"

"井上。"

"中川。"

"中川。"

黑板上，绫子的姓氏——"中川"底下的票数渐渐多了起来。

绫子的脸与其说是有些发烧，不如说格外惨白。她像做梦似的听着：

"让我……我来当班长？"

得知好多同学都有这样的想法，她感觉实在不可思议。同时，心中又充满阳光。随着中川的票数不断增加，全班的视线集中在了绫子身上。

最后，彻底成了绫子和井上之间的竞争，远远超过其他的候选人。

"井上。"

"中川。"

随着两人的票数竞相上涨，同学们的呼吸也似乎越来越急促了……终于，结束了。

　　井上　21票

　　中川　23票

两票之差，仅仅两票之差——班长的桂冠戴在了绫子的头上。这是上学以来第一次推选班长……

老师略显兴奋的脸上露出笑容来：

"这次推选真棒！那，我来宣布一下班长、副班长。"

接着，老师稍微停顿一下，换了副声音道：

"经过大家神圣的选举，选出了班长中川，副班长井上。"

接下来是自习课，同学们一下子叽叽喳喳起来。

刚才紧张的一刻过后，心情格外地放松。

"果然是中川呀！"

"我也选了中川！"

有人干脆直接坦白了。

"好遗憾呀，井上只差了两票。"

讲话的，大概是个井上的支持者。

"这可是经过公平方式推选出来的呀！"

"话说回来，中川能不能胜任呀？"

有人小声嘀咕着，却立刻遭到众人驳斥。

绫子只是沉默着，脸颊渐渐涨成了美丽的玫瑰色。她有些惴惴不安，担心自己能否胜任这个关乎班级荣誉的职务。她觉得，班长这个职务，不光要站在前面，做体操时喊口号，很多时候还要站在老师和班级沟通的立场上，带头做事。可自己的身体行动不便，无论如何也难以做到。绫子甚至想，干脆让井上代替自己算了，那该有多轻松。班里的同学竟然选了腿脚不便的自己，简直像在做梦。自己平常已经留心尽量不显山露水了，朋友也不多，却还是被大家选为了班长。

可绫子转念一想，这显然是班里公平的推选。要是让给井上，没准会辜负大家难得对自己的信任，还是先跟老师商量一下吧。

下课时，一些对绫子怀有善意的同学纷纷鼓励她道：

"恭喜啦！"

"你真棒！"

绫子有些不安。想起此刻最适合倾诉的对象，她开始寻找直美，却四处遍寻不见，下一节课转眼就要开始了。绫子心中不禁想起直美为自己欢喜的模样，心想，那就回家的路上再说吧。

高高的蓝天上空回荡着排球的声音，听上去格外舒服。不知是哪个班级在打球？没准是排球运动员呢。人不多，但都打得非常棒。

这时节，眼看就要开始秋运会的训练了吧……

直美正在走廊上出神地望着操场，准备回家。

"直美！"

见绫子气喘吁吁跑了过来。

"这就回去啦？"

"嗯。不过，还有点事想向你请教呢！"

绫子语气安静地讲完了推选的事，说：

"所以，我不知道该怎么办呢。"

她讲出自己打算辞去班长的想法。

绫子受到同学的喜爱，不管怎样，直美都为她高兴：

"不过，你的话也有充分的理由。好好解释一下，老师一定会理解的。要是老师说应当换人，班上的同学也不会生气吧？"

听见直美这样说，绫子的想法彻底确定了：

"那，你等我一下！"

她打起了精神，走进教员办公室。

这期间，直美跑到操场上，又看起排球来。

正训练的，是三年A班。当中刚好有直美认识的运动员，所以看出来了。

很快，绫子走了出来，从对面向她招着手：

"那个……老师马上就理解我的想法啦！还说，那样的话，回头跟班里商量一下，让井上做班长应该可以。可我觉得，就是做副班长也不简单呀。"

直美仿佛鼓励着个性胆小的绫子道：

"没人会这样说的。只要想做，什么事都能做得到……只不过,就算不做班长,这回也知道你的威信啦,没什么比这事更开心的啦!以后,你就不要在意自己的腿啦!"

说着,她用力握住绫子的手。

绫子只觉自己身上仿佛不知不觉装点了鲜花一般。

姐姐:

  当心不要感冒哟!这个星期六我到你那里过夜。我一个人去,你到车站来接我吧。下午两点左右的火车。

直美

寄走这张明信片以后,直美甚至梦见了姐姐……她还把这事告诉了隔壁的清子。

"好羡慕呀!下回我也一起去,可以吗?"

"可以呀!咱俩约好啦!"

"姐姐还种花吗?"

"那里是沙地,不大种了吧。只不过,那里的房子有三只花架呢!"

"哇,真好呀!"

"所以姐姐才说,打算让奶奶帮忙,种点早熟的黄瓜什么的呢。"

"那样看,她精神不错嘛。"

"听说她一个人自在得很呢。"

"我还没到过比镰仓更远的地方呢。"

"我也是头一回去辻堂。所以,我觉得,那些住在东京,老家在外地的人,和有家还能到外地玩的人,好幸福呀!"

两人你一言我一语地聊着,话题自然而然地转到了暑假里北条海边那些开心的往事。

星期六,直美让阿松送自己到新桥车站,坐上了去往热海的火车,怀里紧紧抱着礼物包裹。

打火车驶过横滨起,沿途风景便有股田园气息扑面而来。黑油油的地里,一户农家正在辛勤地劳动。旧草房的屋顶晾着红色的衣物,鸡窝里洒满了阳光。

到了大船,山上有些让人毛骨悚然的半身佛像。是混凝土的,还没有彻底完工,面部形状模糊不清……到了藤泽,有好多人下车。大约是去鹄沼、片濑、江之岛的吧。等火车驶近辻堂时,直美开始坐不住了,干脆跑到车门口等着。

才走出辻堂的站台,便看见姐姐站在那里。

"这么快呀!"

"啊,太好啦!"

"你一个人怕不怕呀?"

"怕倒没有,不过这地方好陌生呀。"

直美觉得姐姐有些消瘦,可也没准是因为她穿着黑色的衣裳呢。

"那里步行能到吗?"

"能,有十五六分钟吧。可是我有点累了,咱们还是坐车去吧!"

两人坐上汽车,在松林里驶过没多久就到了。

姐姐的新家周围也有松林环绕,大门口到屋前的沙地要走很远。

"来啦!"

姐姐一进屋,在北条相熟起来的奶妈就出来迎接了。

"呀,真了不起,你一个人来的呀!"

直美有些新鲜地环视着屋内,见南侧有个露台,上面摆着椅子。一张是躺椅,一张是座椅。

"你每天都在这里午睡?"

"静养的时候。不是单纯的午睡哟!"

这句"静养"在直美听来,似乎有些哀伤。

"嗯,我给你带好东西来啦!"

说着,直美赶紧打开包裹,拿出鱼肉山芋饼和鱼糕。走到院子里,看见花坛里已经种上了庄稼。

"奶奶撒了点小白菜种子。我暂时还没法侍弄土呢……"

直美一惊,回过头去。姐姐看上去似乎精神不错,却感觉不太真实。

"我那本日记怎样啦?"

"《花儿日记》?已经做好啦!都做成一本很漂亮的书啦!"

"下回拿给我看看。"

"嗯,我带来就好啦。"

"要不要再接着写点呢?待在这里闲得发慌。"

直美喜出望外,极力赞成。

"不过,那就不是《花儿日记》啦!可能没法给直美看了哟!"

姐姐有些落寞地说。

"行呀。"

直美不置可否道。那这回的日记要拿给谁看呢?只给姐夫吗?为了打消这个念头,她忽然想到,自己也可以每天写写日记嘛。

自己每天都有好多不一样的心情,很想用日记记录下来……

"对啦,姐姐,听说绫子被同学们推选班长啦!"

"呀，这么好！多美好的事呀！看来，大家不只是同情绫子嘛。选出绫子这样的同学，的确比选出那种多面手的红人更好。"

的确，要是写绫子，能写出太多日记啦。直美一面想着，一面说：

"我来跟姐姐比着写日记吧？"

姐姐微微笑着，透着一丝哀伤的眼神投向了海面。她的身影浅浅细细的，直美只觉得有些透不过气来。

十一　姐姐病了

冬天来了——按说，往年这个时节都在讨论圣诞礼物了。可自打英子姐姐发来消息说患了感冒以来，还一次没来过东京呢。

直美横竖打算寒假里过去住上几天，便没有好好写封信去。

学校里，感冒也相当流行——一入冬最先感冒的同学，多是那些平常就爱缺席的人。

大家纷纷凑到向阳处和风吹不到的建筑背阴处，各自使出吃奶的力气取着暖，玩耍着。

当中，也有人一脸的不在乎，满操场跑到汗流浃背的。

就在这样一个冬日……

直美正凑到在操场上晒太阳的同学堆里，胡乱猜测着考试题目，却见绫子一脸认真地走了过来。

往常直美跟班里同学在一起时,绫子不会走到身边来,只会羞答答一言不发地走过去,这回却像忘了大家都在看着呢。

"嗯……森同学,你家里来电话啦!刚才我正好有事到办公室去……"

绫子一脸担忧地看着直美说。

直美突然一愣,立刻跑掉了。

往常遇到这种事,班里同学都会半打趣地问,是什么电话呀?唯独此刻,个个噤若寒蝉,一脸一本正经地听着。

少女特有的敏感心思提示着她们,有件不祥的事情……大约是出于第六感。

直美跑进办公室里。

"啊,森同学吗?刚才你家里来电话,说有急事让你早点回去!"

"急事?说是什么事了吗?"

"这个嘛,倒没问。不过好像很急哟!"

值班的浅井老师硬邦邦地答了一句。

直美慌忙行了个礼。这时,刚好响起地理课的铃声。

她一心想着电话的事,恍惚走进了教室。

——是个坏消息吗?

她心想,眼下也没有可能发生什么好事,一定是件坏事。

老师进教室前，直美已经做好回家的准备等着了。老师抱着大大的地图进来了，直美甚至等不及行礼完毕，立刻走到讲台解释了电话的事，老师匆忙点头答应了。

直美心焦到边走路边穿大衣，今天的电车怎么也这么慢呢？

一到家里，奶妈便冲出来迎接，那架势恨不得把直美搂到怀里。

"那个……刚才辻堂那边来消息，说是婆家那边来电话啦……"

"婆家？"

直美反问了一句，立刻明白过来，

"就是说，就是说，姐姐有什么事啦？"

"好像不太好，说是想见见小姐。"

"姐姐要见我？"

奶妈点了点头，已是满眼泪水。直美眼见这一幕，反而有些火冒三丈。

"不要啦，阿松……赶快去准备吧！"

"听说，回头婆家那边的老爷子也会赶来的。"

直美心想，难不成姐姐要死啦？她心口猛地一缩，身子发起抖来。

直美感觉身子从里到外都在发冷，于是穿了夹克。刚好有三个别人送的梨，她只包了三个，匆匆赶往车站。这跟上回那样快乐的出行多有不同！

沿途的车站和风景，处处都显得多余。

她心想，直接有辻堂一个车站不就够了嘛！

走进姐姐家门，大门口驶出一辆好像是医护人员乘坐的汽车。

消毒水的气味在四周弥漫。

她蹑手蹑脚地走进屋内，却见姐夫一个人待在客厅里。

"啊，直美，这么快！吓到你了吧？……不过，好像有点好转，昨晚情况很糟糕。"

直美只是一言不发，呆呆地点点头：

"现在，姐姐，睡啦？"

"嗯，也说不定醒啦……"

说着，姐夫又有些郑重其事地看着直美道：

"病房里很冷哟！到处四敞大开的，也没有热气。"

"那不能聊太久吧？"

"嗯。"

"姐姐怎么病都这么重了，都不给我来封信呢？"

直美恨恨地嘟哝着。

"太急啦！之前不是感冒了嘛，结果引起肺炎……在那之前，都没什么大碍的。"

直美听着姐夫的解释，又想到自己一直没来也有错。

"那，只要感冒好啦，就没事了吧？一放寒假，我就能来了吧？"

"嗯，来吧。但愿感冒能好……"

姐夫忧心忡忡地说。

声音里充满着担忧……直美不敢反问回去。再说，病房里太过安静，直美竖起了耳朵，却感觉实在做不到起身走开。

她心想，要是姐姐能早点感觉到自己来了就好啦。

仿佛在等着姐姐喊自己一样……就这样，直美异常地失落。

过了一阵，护士出来，仅仅对直美说了句"呀，来啦"，便向姐夫讲起姐姐的病情，

"今天热退了不少呢！刚才医生来的时候有三十七度八。胃口也好了点。"

"是吗？"

姐夫脸上多云转晴了：

"那请转告她，我会好好奖励她的！"

说着，姐夫看了看直美，终于像往常一样笑了。

之后，他拿起换过新花的花瓶，跟直美一道走进病房。

"怎样啦？"

姐姐睁大双眼，做出点头的动作。姐夫似乎立刻心有灵犀，直美却觉得单是这样可远远不够。

英子姐姐戴着雪白的口罩。

除了那床漂亮的羽绒被格外惹眼外，剩下的一片雪白。在直美看来，这一切无不透着病房里的气息，着实悲伤。她只看着姐姐的脸，说不出一个字来，胸口憋闷。

那雪白得有些透明的脸庞……颜色使人联想到生命的短暂……

那双眼实在太大……虽说带着温热与湿润，眼底却仿佛清澈到使人有些恐惧……

那双眼里映出许多东西。没错，那双眼里映出直美看不懂的东西……

屋内似乎已经换过了空气，门关上了。电暖炉微微点燃着。

"学校什么时候放假呀？"

姐姐低声向直美开口道。

"二十三号……一放假，我能过来玩吗？"

姐姐点了点头。

"所以，到那之前，你一定要好起来呀。"

姐姐又做了个点头的动作。

"真的？"

"嗯。"

就连这样靠不住的约定，都让直美觉得有些指望了。

直美和姐夫只聊了这几句，就必须退出病房了。

直美忽然觉得姐夫很值得信赖，于是主动提起姐姐的病情。

姐夫也打起精神，说：

"我明天到神社去拜拜。应当没事了吧？"

晚饭是两人一起吃的。

虽说没能陪在姐姐身边有些无聊，但直美坚信，过年前姐姐一定能和他们一起，像今天这样共进快乐的晚餐。她吃了不少。

同一时间，姐姐也在病房里喝着汤和粥。饭后，还把病房之间隔着的拉门推开，这样姐姐就能从病床上看见他们了——时间已近八点。

老爷子看着表说：

"那，英子，我还会再来的。你要振作起来，好好养病。"

"姐姐，寒假过来看你之前，我每天都会给你写信的。"

英子姐姐对每个人都做了个点头的动作。

就这样，她躺在病床上落寞地目送着直美和老爷子离开了。

在学校一见绫子，直美立刻提起姐姐的事。

"当时我担心得不行……"

"是呀！我妈妈听说了也大吃一惊呢！"

"是呀，所以我每天都给她写信，也写了好多你的事呢。"

"呀！"

绫子脸红了。

"我也要说句，请多保重！"

"我还要写点好文章呢。"

直美微笑道。

"糟啦！今天是历史考试。昨晚一点都没复习呢……"

说着，她跑到没人的角落里，专心致志地背起书来，可惜已经来不及了。

第三节作文考试，因为题目自拟，直美打算写一篇《姐姐的病》。

一两天前才发生的事，感觉尤为深刻，加上从前姐姐的往事也有太多想写的，时间根本不够。削铅笔时，都慌里慌张的。

直美出神地听着老师询问大家"写好了没有"，学生们也回答"还没有"。

"那，写好的同学举下手？"

班上大约有一半人举了手。

"没写好的同学……"

剩下一半本该举手的同学却面面相觑，嘴里说着什么。

写到一半当然没有问题，问题是讨厌写作文的同学还没开始写呢。

"写不出来的人，总是写不出来，就因为总想着不用写得太好，才反而写不出来的。"

老师说着，环视着还没写好的同学，

"就是要把你感觉的、看到的，准确地、不带虚情假意地写出来就行啦，长短无所谓。"

有人没法轻易做到老师说的那样，一脸的不满低着头。

"那，写完的同学先交上来吧！没写完的同学，就当作业吧。"

"呀，回到家里，不是可以写得更好嘛！"

也有人露出一脸的不满。

直美她们走到老师跟前，交齐了稿纸。

一脸挑剔的老师戴上黑框眼镜，缓缓擦去了黑板上的字。

同学们来到走廊上，纷纷说道：

"真厉害！森同学，你们总是写得最好，怎样才能写得好呢？"

"因为不想着写得好呀。"

"讨厌！还模仿起老师来啦……"

"我的作文虽然没戏啦，今天历史可感觉考得不错哟。"

"哟……"

"不过，昨天的理科不行。我成绩偏科，真发愁呀。"

"昨天有理科考试？"直美反问道。

"是呀，是呀，森同学早退了吗？是有呀。"

"你有事吧？"另一个同学也看着直美。

"没有。"

"啥事呀？"

"没有。"

"森同学真讨厌，还遮遮掩掩的！"

不过，虽说直美听见人家这样说自己，这种时候她还不想提起姐姐的事。

"干吗这样打听呀？太冷啦，赶紧跑两圈玩玩吧！"

接着，五六个同学一起玩起了捉小鬼游戏。直美依旧很在意姐姐，不时看向办公室，心想，今天会不会来电话呢？

要是请假不参加考试，只有自己例外，好像很悲哀……

一回家，隔壁的清子就跑来玩了。

"直美，这么出神，在想什么呢？正忙着考试吧？"

"呀，清子，我正想过去跟你说说呢……咱们要不要一起写封信给姐姐呀？"

"好呀。"

"马上动手吧！"

"什么？有啥事吗？"

"没有，只是慰问一下。听说，姐姐情况不大好。"

直美不愿提起姐姐病重的事，极力装作若无其事的样子。

"咱们来写点有意思的吧！反正我每天都要写呢，太长了姐姐会看累，就写点美好的文章吧！"

"那，就是诗之类的咯……"

"是呀，不过不要太矫情哟。"

聊着聊着，清子忽然想起一件事来：

"对啦，我家里还有上色很美的明信片呢。外国的，很漂亮哟！"

"可以用？"

"可以呀。给英子姐姐嘛！我马上拿过来。"说着，清子踏过枯萎的草坪，跑了出去。

姐姐：

你怎样啦？能想到美好的幸福了吧？这张画是清子的。姐夫出门了吗？你得琢磨一下，想吃点什么。

直美

英子姐姐：

你那里冬天也暖和了吧？接下来一个星期，我们每天都会给你寄一张不一样的明信片哟！

清子

两人跑到附近的邮筒，把明信片寄走了。

"眼看就要过年啦！"

"是呀！不过，过年期间好像也没什么日子可以常打羽毛毽子嘛。"

"老是刮风呀！"

"你的毽子板是那种贴花的？"

"不，是捏花的。"

"毽子板，重一点的比较好打吧？"

"是呀。烙花的太轻啦,很奇怪!"

"虽说毽子板有点老一辈的感觉,可过年还是想要,真奇妙!"

"想扎日式发髻了吧?"

"没错,真想扎!"

两人摸着头发,以一副少女特有的心理,一个接一个地聊起新年的话题来。

"新年开笔你写的啥呀?"

"我写的是明治天皇作的诗。

"晨光传绿意,晴空万里在我心。

"都是假名①,好难写呢!"

"那我来写昭宪皇太后的吧。

"春日原野上,地丁花低垂,芬芳沁人心。"

"咱们要不要把新年开笔的字一张一张互换呀?"

---

①即日文字母。

"可以呀。是这首和歌呀？我妈妈也喜欢，之前什么时候来着，新年开笔还选过呢。"

这期间，短暂的冬日渐渐转入黄昏，四处人家亮起了灯火。

"那，再见啦！"

"再见！"两人在家门口轻轻挥手道了别。

第二天傍晚，两人又写了张明信片：

姐姐：

我在街上看见一个很漂亮的人穿着好看的外褂。过一阵，姐姐也要穿上那件我最喜欢的碎花外褂给我们看哟！今晚家里的菜是关东煮和醋拌赤贝。

直美

姐姐：

你好吗？家里的阿喵咬断了妈妈最爱的梅花，可捅了娄子啦！今天裱糊师傅来了，重新贴过拉门，补了唐纸，好有过年的气氛啦！

一个星期六的下午，绫子约好了头一回登门拜访。直美让阿松帮忙，把房间低调地装饰了一番，迫不及待地等着。

实在没法专心学习，直美正哗啦哗啦翻着杂志，门口传来了动静。

跑出去一看，不光是绫子，连绫子的妈妈也来了……

自打姐姐出嫁以来，一直少有女客登门，因而阿松异常寂寞。此刻，她欢喜得像在接待自己的客人一样。

"来，快请吧，快请进！"

直美也连忙再三行着礼。

"请吧！其他人都不在。"

绫子的妈妈终于脱下外套，静静地走了进来。

"那个……客厅里没生火，有点冷！不好意思，到我屋里行吗？您请吧……"

"哟，收拾得这么整齐呀！"

绫子妈妈夸着直美的待客礼仪和家中的干净整洁。

直美不好意思了：

"今天特殊嘛，平常更乱一点。"

三个人围着火盆，壁炉里也冒着热气。阿松脱掉围裙，走了进来。

"我们家小姐老是给您添麻烦啦！"

阿松像母亲一样打着招呼。没有妈妈的家庭着实寂寞。

"没有,哪里哪里。嗯……到辻堂那里去的姐姐后来怎样啦?"

"啊,听说好多啦!还说,天冷的时候起不来床呢。"

"呀,阿松!姐姐说啦,寒假前穿了外套就能起床呢!"

直美插了句反驳的话。在阿松看来,直美这样钻牛角尖更显可怜了。一不小心,说话声都带了哭腔。

"就是呀。"

她又改口道:

"就算起得了床,天冷的时候可得当心……"

"吃东西怎样呢?"

"吃东西还是没味道。前两天,还让人从东京家里特意捎了点卡斯特拉蛋糕,说是很想吃,后来听说胃口好点啦!"

直美和绫子专心地听着这些话。

"直美,先前跟你姐姐约好的那个娃娃,终于做好啦!要是过两天有人到辻堂,希望能给她捎去。"

直美听见这话,恨不得明天星期天就去。

"嗯!"

绫子的妈妈走到门口,抱起一个大大的箱子。

大家都紧盯着妈妈手上的箱子。一个个两眼发光,心想里面会是怎样一个娃娃呢……

拿出来的娃娃，是个打扮优雅的少女，梳着岛田发髻，身穿碎花外褂。

"哇，真棒！"

直美一副恨不得搂在怀里的架势道。

"脸蛋重做了好几个，总算做出一个满意的。可穿上衣裳看看，还是差了点……"

妈妈既不满意又自信地看着娃娃道。

这样说来，这娃娃楚楚动人的五官倒是跟英子姐姐的容貌有几分相似。

"这东西，一不小心很容易寄坏。实在抱歉，要是你能帮我捎过去，就放心多啦！"

"嗯！阿姨，这样的事，不管怎样我都愿意做！"

绫子的妈妈一起喝过茶，留下礼物，先走了。

只剩下直美和绫子两人，都忘了该说什么，只是坐在那里，心里就热乎乎的。

"我送你几张千代纸吧？"

"嗯，给我看看。"

直美拿出囤了好多的传统千代纸，裁成两半递给绫子。

"再给你看看我的干花吧？"

"哟，做干花，我可是专业的哟。"

"就是嘛，我只有十朵。对啦，可不可以叫隔壁清子来呀？"

"啊，就是你经常提到的那个清子吧？有点不好意思呢！"

叫阿松去接清子，很快清子装模作样地走了进来。

"来啦！这是绫子。"

在直美的介绍下，两个人都有些脸红了。

两个人都听直美提过，早就感觉像老朋友一样了。

"咱们三个来玩纸牌吧？"

"玩'藏手指'也行呀！"

"好呀，我先来。"

说着，直美像魔术师一样搓起两只手：

"我藏了哪根手指呀？"

"中指。"

"我说无名指。"

"不对！不对！你们两个都没猜对！是食指！再来一次。"

"这回我猜小指。"

"对，我也一样。"

"啊，对啦！"

三个人轮流做着做着,到了绫子该回家的时间了。直美忽然想到了什么:

"话说,今天咱们三个要不要一起写张明信片呀?反正,明天我还要带娃娃过去呢。信是信嘛,还可以另外捎过去。"

"每天都要写。一天都不能缺哟!"

清子也说。

今天我们三个在一起玩。直美屋里挂着英子姐姐写的和歌诗笺,好像一直在看着我们一样。但愿你能喜欢妈妈做的娃娃!

绫子

不刮风,暮色真美。落了叶的树木表面染上暗红色的夕阳。隐约想起海上的落日,多么想念!

清子

阿松可活泛啦。爸爸很爱用热水袋。直美拿到新手套啦,真开心!

直美

十二　新年过后

新年刚过,同学们的眉头立刻皱了起来,这是一整年做出最终审判的学期……

不论是穿短了的大衣、校服,还是修补得马马虎虎的鞋子,个个都忍着,不发一句牢骚。

这是因为,到了春天,天气转暖,草木发芽,四月晴空……大家统统怀着崭新的期许,盼着与新学期一道焕然一新。

辛辛苦苦经历的考试和寒冷天气里上学放学,都是为春天即将来临所做的准备……

班上成绩最棒的同学为了不把桂冠拱手让人,第五名的同学为了赶超第三名,少女们个个全力以赴。

"森同学,像你这样全甲的人,会不会对学习没兴趣啦?"

"不会呀。怎么这样问呀？"

"因为你们啥都不做也能得满分，再学也不可能更高了嘛！"

一个同学边做着下课后的值日，边对直美说。

直美正在记值周日志。她停下笔，瞪了一眼那个同学：

"啥也不做就能得高分，哪有那种白痴的事？我一直都很拼命呀！要提高成绩，只要用功，谁都能做到。可成绩提高之后，要保持才难呢！"

"反正会的人一开始就会，不会的人不论怎样也追不上会的人。"

"那不对。会不会又不是一开始就注定的。说不定得花很长时间，才能达到那样的结果。"

"我想到五年级毕业时当上班级代表，应当没戏吧？"

这个同学坦白地说出自己渺茫的希望，直美觉得实在有趣。

"能当上呀。你就当嘛！"

"要想当上，首先得赢过森同学。哦，太难啦！"

值日的同学也忍不住笑了起来：

"那我们来做证人吧！"

"请吧……"

直美微微笑道：

"我也不想随随便便被你打败呀！"

"大家都要堂堂正正地竞争嘛。"

"啊，实际上还剩三年零两个月。"

"战争很漫长嘛。"

大家你一言我一语地整理着桌椅。

"哎，这花怎么办呀？"

一个同学指着靠墙的水仙花瓶道。那花已经蔫了。

"是呀，扔掉吧！"

"可一朵花都没有，不觉得没趣吗？"

"明天早上，我会带花来。"

直美说。

"哦？那说好啦……"

就这样，花瓶也被打扫得干干净净。每个地方都用抹布擦过了。

直美心想，明天我要带点梅花和油菜花来。

梅花——院子里的梅花——已经在最朝阳的枝头绽放了。

油菜花到花店买回来吧。看着那些花，教室里的同学会联想到春天的田野。

那因微微冻疮而有些浮肿的手戴上手套，感觉太紧。直美落寞地想着,要是英子姐姐身体无恙,肯定早就给我织好暖和的厚手套啦。她戴着这副过紧的手套,走出了校门。直美跟姐姐说好冬天的礼物,还是在圣诞节前呢……

可是,尽管圣诞节来了,新年来了,甚至,第三学期①都来了,这份约定却没能实现。往日不管多小的约定,姐姐都必定坚守。她绝不是忘了这事,也不是偷懒不做,而真的是因为病了。

之前,直美去看姐姐时,姐姐还说:

"对不起啦,还没织好……毛线都买好啦,只织了手腕,才织了一边。"

"没事啦,姐姐。"

"好想早点把暖和漂亮的手套送给阿美呀。"

姐姐相当在意这事。

直美接连想起这些往事,渐渐地伤心起来。

她想借别的事岔开思绪,却看见两个可爱的洋人小兄弟从一处车站过来了。两人都只穿了件夹克,没穿大衣,短裤底下露出健康的小腿。

---

①日本的学校每学年有三个学期,第三学期一般始于新年后,至暑假前。

自己却穿着大衣，戴着手套，袜子厚厚的，整个身体都包裹起来，直美觉得有些难为情了。

……手套已经用不上了。因为，一点也不冷了，春天就要来了。不如说，姐姐身体恢复健康，才是直美最想要的礼物……

她很想写一封这样的信给姐姐。

下巴士前，直美一直专心地思索、修改着这封信的词句……

自打新年以来，辻堂的姐夫不时地前来造访爸爸。往往只是两人简单聊过几句，很快便会离开。

"呀，是直美呀？个子长高啦，看起来气色不错嘛！"

"吃饭香得不得了。好像一到冬天，人就像小鸟一样长胖。"

"那就好。有时间我也带直美去滑滑雪吧。"

"呀，那就下回吧！"

"下回？那个嘛，还是等姐姐身体好了，咱们一起去滑吧。"

"真的？下回我跟姐姐说，咱们要去滑雪啦，赶紧好起来吧……"

"但愿姐姐听见滑雪就能好起来啦！"

"那肯定啦！"

为了给自打姐姐生病之后一直无精打采的姐夫打打气，直美说。

"那下回再到辻堂去吧。玩不了，你会不会觉得无聊啊？"

"但愿下回去之前，姐姐就能坐到椅子上啦。"

"嗯，天气暖和就能啦。"

姐夫跟直美说了几句类似的话，看着手表回去了。

姐姐的病情究竟恶化到什么地步了呢？姐夫一来，过后直美总是格外地惦念。她自己实在担心得受不了，这种时候，总会跑去找清子倾诉。

"清子！"

"呀，昨天前天都没见你嘛！"

"就是，好久没见啦！"

两人笑了。

直美跟清子一天不见都相当少见了。

"辻堂那边有消息来吗？"

"没有。"

"哦？那应该是好事吧？"

"我也不知道。"

直美已经眼泪汪汪了。

"直美,你不去看看她吗?"

"嗯,听说她不太想见人。我上回去时,还是过年呢,在姐姐身边大约待了一个钟头吧……可只说了三句话。"

"那么恶化啦?"

"没有。"

直美立刻否定了。假如说,当真恶化了,那可糟啦……

"她脸色都很好呢!因为一直躺着,也没有太瘦,还像往常的姐姐一样。甚至让人觉得,怎么那样就病了呢。看起来好像一骨碌就能爬起来,跟我一道去采花,然后就好啦!"

"是呀!躺太久了,感觉更容易生病呢。"

与其说直美和清子对眼下病魔吞噬着姐姐感觉恐惧,不如说对姐姐一直卧床不起这点更为担心。

"所以说,好希望赶紧暖和起来呀。只要地丁花、蒲公英都开花就好啦!"

说着,直美睁大了双眼,向清子示意道,

"懂了没?"

清子立刻点点头:

"懂啦!懂啦!要带她到之前那个'姐姐的座椅'去,

对吧？"

"对呀，对呀。那样我想她的病就能好啦！"

"那我们得祈祷春天的女神加快脚步光临呀……"

"是呀，是呀！"

直美和清子并肩仰望晴空。接着……

两人齐声唱起歌来：

> 春天的小溪哗啦啦地流淌
> 地丁花、紫云英开在岸上
> 那迷人的色彩、醉人的芬芳
> 好像在低语，绽放！绽放！

学校里，每天清晨都要在礼堂静坐，以此作为一项冬季锻炼。

全校起立上过早课之后，会坐下闭眼，气运丹田，进入五分钟冥想的境地。

当中也有人非但没能进入冥想，反而唤起所有的记忆，包括背诵考试会出的题目，因为这个星期日去看什么而兴奋，念念不忘昨天吵过的架，今天还得想法报仇雪恨等，诸如此类。总之，这五分钟里，整个校园静得连一根针落在地上都能听见，实在神奇。

有时，这段静坐还得达到十分钟以上。那是因为，修身课老师认为大家太过兴奋、厌倦，把眼睛悄悄睁开了。

其他老师也跟学生一样闭眼静坐，唯独修身课老师睁着眼监督大家。

"总之，所谓闭眼，是一种集中精神的手段。不一定非要闭上眼睛。只要精神高度集中，睁眼站着，就在原地，也可以进入那种境界。只不过，大家还做不到那样的修养。你睁开眼，会看见东西。看见东西，就会被吸引注意力，那不行。就算睁着眼，能看见东西，也不要在意，能达到那样的境界，才算是修养能力。"

老师既然做出这样一番训话，想必自身早已达到这样的境界了吧。

话虽如此，那些不守规矩的学生，静坐时一旦违反老师就算睁眼也当看不见东西的要求，睁开眼东张西望，会立刻被发现。这时候，老师就会声称没能做到全员精神统一，从而延长时间。学生们并不喜欢静坐，因为又冷，又无聊。可真正闭上眼，又会想东想西，琢磨起自己的事来。有时候刚想多琢磨一会儿，却听见"静坐结束"的号令声，着实可惜。

从礼堂依次走进教室时，绫子她们班总是排在直美班级前面。

直美很想趁早上这一刻跟绫子聊上几句：

"你今天早上气色也不错呀。"

"没什么特别的。"

"回家路上，我等你。"

"回头，我有话跟你说。"

两人就这样交换了眼神。

操场上，有好多学生手里拿着教科书。

"我还是很担心代数呀。"

"代数这门课，要是一开始不彻底弄懂，之后就没戏啦！"

"不光是代数，理科我都担心。"

"地理是明天。不过地理、历史只要背下来，差不多都能拿满分，又没有什么历史应用题嘛。"

"是呀，光是数字可没法背。要是不能真正理解，就没法思考啦！……应该说，思考能力才是最重要的嘛。"

"是呀，死记硬背可不行。"

"要说玩的点子嘛，我倒有的是……"

"作文写得好的人，没准脑子转得快呢。"

"不过，考试也挺有意思的呀。"

"哟,还说这种话!学习好的人就是不一样嘛。"

直美顾不上同学们聊什么,一早起来就惦记着一件事。

上学路上,巴士开来时,正急着搭车,帽子不知怎么飞走了。好像是橡皮绳断了。到了学校,正要换上拖鞋时,一解开鞋带,鞋带也啪地断了。

直美简直讨厌死了,纳闷了好一阵。

难道说,姐姐她……她拼命压抑这股不安涌动,却又高兴不起来。第三节课,在操场上遇见了绫子。

"直美,怎么啦?"

"没什么。"

"那就好。"

绫子的目光没有从直美脸上挪开,

"那个……前两天跟你借的书,很好看。"

"《格林童话》,我上小学时都读过。不过,前两天又读了一遍,还是很好看。"

"是呀,好看的书读几遍都好看。里面常有小矮人出来,对吧?有坏的小矮人,也有好的小矮人,还帮公主治好了病,对吧?要是谁也能那样治好姐姐的病就好啦!"

"前两天姐姐还说想吃冰激凌呢,姐夫给她买啦。"

"她爱吃什么呀?"

"姐姐爱吃的东西,我太清楚啦,可是没用……她说,再喜欢的东西都不想吃啦。生病,真是让人讨厌呢。"

"所以说,我们可不要生病呀!"

"前两天给她送了赤坂的千代木寿司和茶巾寿司去,听说只吃了一半。姐姐自己也好难过,扑满寿司跟茶巾寿司都是她最爱吃的啦。她说,身体好时,有多少吃多少呢。"

"那,对眼睛好的东西怎么样?"

"花?"

"娃娃也行,画也行。"

"是呀,画不错嘛。我们来画张好看的画,挂在姐姐病房里吧。绫子,你真提了个好主意呀!"

"我也可以画?"

"是呀,是呀。你跟我,还有清子和桃子,咱们四个一起画张画,然后捎给她吧。"

"呀,那太开心啦!"

"我还得马上告诉清子。这个星期天之前,一定要完成。"

"那我们要画一张棒棒的画!"

"你那边有考试吗?"

"今天只考国语。"

"我们这边下午考体操。"

"不过,明天要考算数和地理。"

"但愿冰雪能早点融化。没了冰雪,花儿很快就开啦!"

"……呀,打铃啦!"两人慌忙说了声再见,回到教室去了。

约好了,四个人星期六见面。直美带绫子回来,清子带桃子过来,大家在直美家里吃过各自带来的便当之后,一起画画。

星期六,直美她们只有英语和音乐考试,下午没有考试。

虽说当天没有美术课,绫子还是带了大幅的绘画纸和工具。班上的同学都觉得奇怪,可一想到四个人要一起画画,她就激动不已。直美在回家的路上,也像去春游一样兴奋,甚至忘掉这件事本来是为了装点姐姐的病床……直美和绫子先回到家里,准备好房间,让阿松生好了火。很快,清子和桃子也进屋了。

"呀,欢迎光临!这是中川绫子,这是濑木桃子。"

绫子和桃子是头一回见面。桃子立刻一脸忧郁地说道:

"嗯……听说姐姐从前两天起热度一直不退,非常虚弱,妈妈很难过。"

"啊！"

直美担心得胸口有些发堵。

绫子和清子默默地望着火盆，桃子也不再像往常一样爱讲话了。

"那我们早点把画送过去吧！要拼命地画哟。"

"是呀，不早点画完，没准姐姐就看不到啦！"

"呀，桃子，你还说这么不吉利的话，好讨厌呀！"

四人有种不祥的预感，面面相觑。

"阿松，把那个蒸笼架上吧，热热便当！"

直美的便当盒是椭圆形钢精的，绫子的便当盒是方形大红的，清子的也是方形钢精的，桃子的便当盒则是圆形画着花朵的。

"画什么呢？"

"我来画娃娃写生。"

"我来画院落。"

"那，我桃子来画室内吧。"

"那我来画山茶写生。"

热便当时，四人聊起了春天。说着等姐姐恢复了健康，大家一起到山上玩，该有多么开心。

"来，热好啦！"

阿松送来热气腾腾的便当盒。餐桌上整整齐齐摆好了各色腌菜。

"哇,好诱人呀!"

就像在学校里一样,正中央摆了一把大茶壶,四个人掀开便当盒盖。

"呀,绫子的饭菜真漂亮!好像春天的田野一样。"

鸡蛋沫和鸡肉末做成黄棕相间的漂亮条纹,上面还点缀着碧绿的欧芹。

"桃子的饭菜好香哟!"

"这是火腿饭,还盖了海苔呢。"

"我今天也特意让阿松做了便当,真喜欢用便当盒吃饭呀!"

"我也是……感觉就像出门旅行啦!"

四人脸颊红扑扑的,吃着便当。房间里充满饭菜的香气。

"考试也要结束啦!"

"那倒是开心,不过,姐姐的情况不好,压根感觉不到春天的气息。"

"下个星期天地丁花能不能开呀?"

"还早呢……"

"好想让姐姐看看呀。"

"那咱们到花店里买点香香的地丁花带过去吧？"

"有吗？"

"咱们找找吧！要是有的话，要不要多买点，送过去呀？"

"是呀，咱们还要把病床周围装点得像春天的田野一样！"

聊着聊着，快乐的午餐结束了。四个人收拾干净之后，拿出绘画纸，各自挑了喜欢的位置，画起画来。唯独风还很冷，梅花已经盛开，仿佛召唤着春日的晴空。

天气寒冷——到了午后，池水仍然不化。同学们正在风中做着体操，却见校工跑过来，跟老师说了句什么。老师忽然冲学生方向喊了句：

"森同学！有急事，请你赶快回家！"

全班同学的视线都集中在直美身上。直美两腿瑟瑟发起抖来。此刻，她能想到的，只有姐姐那命中注定的坏消息……

"阿松——"

一进家门，她忙不迭地喊了起来。阿松好像也在哭泣。

"来，你赶紧出门吧！"

"爸爸说的？"

"是的！"

直美换过大衣，依旧穿着校服匆匆赶往了火车站。

一闭上眼……姐姐那张仿佛散发芬芳的白皙面庞，那张笑脸，那副落寞的表情，一个个浮现出来。渐渐地，姐姐那张脸跟母亲的脸重合起来。

直美一面擦拭眼角溢出的泪水，一面透过火车车窗眺望外面的景色。

车窗看起来暖洋洋的。外面晾着崭新的被褥，孩童在玩耍……人人都仿佛幸福快乐。

今天，只有自己感觉不幸。直美在辻堂下了车，没想到桃子已经来了。

"直美！"

"呀，桃子！"

两人跑到一起，对视着。

"嗯……姐姐还没事呢！"

"哦？那就好……"

两人争分夺秒地上了车。

"讲话也很清楚，就是虚弱到开不了口啦。"

"那得多难受呀！"

"我们的画，她很喜欢。"

"唉……"

直美只是听到姐姐那样的病情，胸口已经憋得发慌。

两人静静地走进家中，爸爸立刻走了出来：

"啊，是直美吗？赶紧去见见你姐姐吧！"

直美听见这话，眼泪扑簌落个不停。

"怎么还哭啦？要被姐姐笑话的哟！"

濑木家婆母等人也都来了。

一进病房，立在枕头边上的姐夫放下心来，迫不及待地微笑道：

"直美来啦！"

姐姐那纤弱的身子动了动：

"阿美……"

她小声喊着，用眼神传递着心意。直美一步步蹭过去：

"姐姐，你要好起来呀！马上就到春天啦！"

"嗯。"

姐姐点了点头，想露出笑容。可就是这样，似乎已经相当疲惫了。

直美默不作声，只盯着姐姐的脸，一面压抑着泪水……

过了一阵，医生来了。大家都离开了病房，只有姐夫和爸爸留在角落里。

见直美站在走廊上,桃子走了过来:

"直美,就算姐姐不在了,我也要跟你做朋友!"

"我也是。"

两人泪水盈眶地发着誓。

院子里摆着几盆花草。应当都是为了抚慰姐姐的心情,开在病房里的吧。有瓜叶菊、报春花、一品红、樱草花、兰花……

当晚,姐姐终于撒手人寰了。曾经美如梦幻的姐姐消逝了。

彻底料理完后事之后,姐夫说,让堂那里的房子暂时不管,还打算自己一个人去住。接着,他对直美和桃子说:

"怎么样?放了考试假要过来玩吗?那房子先前已经彻底消过毒啦。病到底是病嘛,这种事还得认真对待。"

直美和桃子心理上早已彻底依赖姐夫,姐夫说不定也在依赖直美她们,出于同病相怜……

直美一到学校里,绫子第一个对她说:

"很难过吧?不过,你要振作起来。"

"没事的。我觉得,姐姐还活着。"

"是呀。在我们心里,姐姐永远活着。"

"没错。只不过,看到她打算给我织的手套时,不知说什么好啦……那副手套还穿着毛衣针,很珍惜地收着呢。"

"哇!"

绫子也垂下眼帘听着。

"还有,《花儿日记》她也收到啦。"

"姐姐去世前,一直写日记来着?"

"应当是的。写得都很短,但是充满姐姐的风格,不是那本我们做成书的《花儿日记》那种开心的文章。要悲伤得多,现在的我们还看不懂。"

两人心里,充满了对姐姐的无尽思念。

"对啦,咱们四个不是一起画了画吗?收到画那一天的日记最长啦。"

今天收到几个少女的画啦。好想跟每个人发封电报,告诉她们,看见这份贴心的安慰,我有多惊喜。桃子的画,色彩好美。绫子的画,格外细腻。清子画得真棒,最棒啦。阿美依旧是她的风格,上色充满活力。山茶花正在盛开,山上已是一派春意。

我的病床周围永远有四个少女在玩耍。多么欣慰!

"话说回来,幸好让她看到啦!我还想,怎么不早点给她呢?"

"是呀,过后大家都是这样想的。姐姐应当在天堂里永远守护着我们吧。她在天上什么地方呢?"

直美和绫子伫立在洒满暖阳的校园,仰望着晴空。

春天的云朵在轻轻地飘荡,仿佛姐姐的衣裳……

在喧嚣的世界里，
坚持以匠人心态认认真真打磨每一本书，
坚持为读者提供
有用、有趣、有品位、有价值的阅读。
愿我们在阅读中相知相遇，在阅读中成长蜕变！

好读，只为优质阅读。

伊豆的舞女

策　　划：好读文化　　　装帧设计：陈绮清
监　　制：姚常伟　　　　内文制作：尚春苓
产品经理：姜晴川　　　　责任编辑：牛炜征

图书在版编目（CIP）数据

伊豆的舞女 /（日）川端康成著；李简言译. —北京：北京联合出版公司，2023.3
ISBN 978-7-5596-6551-5

Ⅰ.①伊… Ⅱ.①川…②李… Ⅲ.①短篇小说—小说集—日本—现代 Ⅳ.①I313.45

中国版本图书馆CIP数据核字（2023）第010249号

伊豆的舞女

作　　者：[日]川端康成
译　　者：李简言
出 品 人：赵红仕
责任编辑：牛炜征

北京联合出版公司出版
（北京市西城区德外大街83号楼9层　100088）
北京联合天畅文化传播公司发行
北京美图印务有限公司印刷　新华书店经销
字数192千字　840毫米×1194毫米　1/32　12印张
2023年3月第1版　2023年3月第1次印刷
ISBN 978-7-5596-6551-5
定价：56.00元

版权所有，侵权必究
未经许可，不得以任何方式复制或抄袭本书部分或全部内容
本书若有质量问题，请与本公司图书销售中心联系调换。
电话：010-65868687　010-64258472-800